Luzie Bosch

Sunshine Ranch

Juliana und der schwarze Reiter

„Luzie Bosch“ ist das Pseudonym von Gina Mayer, die bereits eine Vielzahl an Romanen für Kinder, Jugendliche und Erwachsene veröffentlicht hat. Ihre Werke wurden u. a. für den Deutsch-Französischen Jugendliteraturpreis und den Hansjörg-Martin-Preis nominiert und mit dem Leipziger Lesekompass ausgezeichnet. Bevor sie mit dem Bücherschreiben begann, studierte sie Grafikdesign und arbeitete als Werbetexterin. Heute lebt Gina Mayer mit ihrer Familie in Düsseldorf.

Luzie Bosch

SUNSHINE RANCH

Juliana und der schwarze Reiter

Ravensburger Buchverlag

Als Ravensburger Taschenbuch
Band 54456
erschienen 2015

MIX
Aus verantwortungsvollen Quellen
FSC® C114500

Aktionsausgabe

Postfach 1860, 88188 Ravensburg
Umschlaggestaltung: Maria Seidel unter Verwendung eines Fotos
von istock/annedete

Printed in Germany
ISBN 978-3-473-54456-1

www.ravensburger.de

Inhalt

Jungs sind zum Abgewöhnen

„Dann hau doch ab!“, schrie Tori. „Ich wein dir jedenfalls keine Träne nach, da kannst du Gift drauf nehmen!“

Ihre Stimme gellte über den Hof der Sunshine Ranch und bis in den Stall, wo Juliana und Ayla ihre Pferde trocken rieben. Julianas Haflingerstute Nike schnaubte nervös, in der Nachbarbox hob Tibor den Kopf und wieherte, als wollte er Tori rufen. Der Wallach spürte schon seit Tagen, dass etwas nicht stimmte. Aber natürlich verstand er nicht, was mit Tori los war.

„Ruhig, Tibor.“ Juliana beugte sich über die Abtrennung und klopfte Tibors Hals. „Alles okay.“

Die Stalltür schwang auf und knallte gegen die Wand. In der Öffnung erschien Jonas, Toris Freund. Er riss seinen Rucksack vom Haken neben der Tür und verließ den Stall wieder, ohne Juliana und Ayla zu beachten.

„Wenn du jetzt gehst, ist es aus und vorbei mit uns!“, rief Tori ihm nach.

Ayla rannte zur Tür, um zu sehen, was auf dem Hof

passierte. „Er haut tatsächlich ab", raunte sie Juliana zu. „Das war's dann wohl mit Toris Liebesgeschichte."

Juliana zuckte unwillig mit den Schultern und antwortete nicht. Einer weniger, dachte sie. Umso besser.

Eigentlich hatte sie nichts gegen Jungs, Jonas fand sie sogar richtig nett. Aber auf der Sunshine Ranch sorgten sie nur für Probleme. Selbst die besten Freundinnen lagen sich plötzlich in den Haaren und kratzten sich die Augen aus, wenn ein Junge ins Spiel kam. Und die Liebe.

„Man sollte ihnen echt Hausverbot erteilen", sagte Juliana.

„Wem?", fragte Ayla entgeistert. „Tori und Jonas?"

„Sämtlichen Jungen", entgegnete Juliana, „die machen doch nichts als Ärger."

„Das stimmt doch überhaupt nicht. Wenn hier einer Ärger gemacht hat, dann war es Tori. An Jonas' Stelle wär ich schon viel früher abgedampft."

Tori hatte sich in den letzten Wochen pausenlos mit ihrem Freund gefetzt. Ihrer Meinung nach kümmerte sich Jonas nicht genug um sie und verbrachte zu viel Zeit mit seinen Freunden. Aber daraus konnte man ihm nun wirklich keinen Vorwurf machen, da war Juliana ganz Aylas Meinung. Denn wenn Tori und Jonas zusammen waren, dann kritisierte sie ihn in einer Tour. Seine Klamotten, seine Bemerkungen, seine Ansichten – alles fand sie blöd.

„Jonas ist okay“, gab Juliana zu. „Aber ohne Jungen ist es viel entspannter und friedlicher.“

„Aber auch langweiliger.“

„Findest du? Auf den ganzen Zoff und die Missverständnisse könnte ich gut verzichten.“

Juliana rieb mit einem Büschel Stroh über Nikes hellbraune Flanke. Wieder und wieder. Obwohl die Stute längst trocken war. Im Gegensatz zu den anderen Mädchen hatte sie noch nie einen Freund gehabt. Und wenn sie sich Tori und Jonas so anschaute, dann wollte sie auch keinen. Diese ständigen Auseinandersetzungen, dieser Kleinkrieg. Nein danke, darauf konnte sie gut verzichten.

„Also, ich find Jungs okay“, sagte Ayla. „Im Moment ist zwar keiner in Sicht, der mir gefällt, aber wenn mal der Richtige kommt …“

„Der Richtige?“, unterbrach Juliana sie spöttisch. „Du glaubst doch nicht im Ernst, dass es den gibt. Den Märchenprinzen, der mit seinem Ross auf die Ranch galoppiert und dich auf sein Schloss entführt.“

„Wieso denn nicht?“, fragte Ayla. „Ist doch eine grandiose Vorstellung. Ein Ritter in glänzender Rüstung. Oder auch ohne. Hauptsache, er kann reiten.“ Sie seufzte verzückt.

Juliana hatte inzwischen nach dem Gummistriegel gegriffen und strich in kreisförmigen Bewegungen über Nikes Fell. Danach bürstete sie den Staub ab.

„Wie spät ist es eigentlich?“, erkundigte sie sich.

„Gleich halb sieben.“

„Was? Mist, wir essen in einer halben Stunde!“ Hektisch ließ sie die Bürste fallen und schnappte sich die Kartätsche.

„Kein Stress. Du hast noch massig Zeit. Du bist doch in fünf Minuten zu Hause.“

„Du weißt doch, wie mein Vater ist. Ich muss mich vor dem Essen noch waschen und umziehen, sonst rastet er aus.“

Ayla verzog das Gesicht. Die Wutausbrüche von Julianas Vater waren berüchtigt. Wer einmal einen mitbekommen hatte, wollte keinen zweiten erleben.

Nikes Fell glänzte. Es war zwar noch nicht ganz perfekt, doch um die Stute noch länger zu striegeln, fehlte Juliana die Zeit. Sie tauschte die Kartätsche gegen den Hufkratzer.

„Komm, lass gut sein“, sagte Ayla. „Ich muss erst um acht zu Hause sein. Ich mach Nike für dich fertig.“

„Echt? Das wär total nett.“ Juliana drückte der Freundin den Hufkratzer in die Hand und rieb sich die Hände an der Reithose ab. „Dann bin ich weg. Vielen Dank.“

Sie schob sich an dem Pferd vorbei aus der Box. Nikes Sattel und das Zaumzeug hatte sie vor dem Putzen über die Trennwand gehängt. Sie hob beides herunter, um es in die Sattelkammer zu bringen.

Als sie aus dem Stall trat, prallte sie fast mit Sue zusammen. Die Ranchbesitzerin wollte gerade in den Stall. Neben ihr standen Tierarzt Dr. Knopfler und ein fremder Junge.

„Hoppla", sagte Sue. „Du hast es aber eilig."

„Sorry", sagte Juliana und wollte weiter.

„Warte doch mal einen Moment", sagte Sue. „Ich möchte dir Fabian Knopfler vorstellen. Er will künftig hier reiten. Fabian, das ist Juliana Melzer. Vielleicht hat sie ja Lust, dich hier herumzuführen und dir alles zu zeigen?"

„Fabian Knopfler?" Juliana war verblüfft. „Bist du etwa ..."

„Mein Sohn", sagte Dr. Knopfler. „Ganz genau." Der Tierarzt betreute schon seit Jahren die Pferde und die übrigen Tiere der Sunshine Ranch, aber dass er einen Sohn hatte, davon hatte keines der Pferdemädchen etwas gewusst.

„Ich hab bisher bei meiner Mutter gewohnt", sagte Fabian.

„Aha", sagte Juliana. Na super. Kaum war Jonas weg, da tauchte auch schon der nächste Kerl auf. Da würde der Zickenterror sicher wieder von vorn losgehen.

„So what do you think?", erkundigte sich Sue.

Die Ranchbesitzerin war Amerikanerin. In ihrem früheren Leben war sie Schauspielerin gewesen, hatte in

Hollywood einen Film nach dem anderen gedreht und eine Menge verdient. Doch dann hatte sie ihre Karriere plötzlich an den Nagel gehängt und war mit ihrem damaligen Mann nach Deutschland gezogen. Hier hatte sie einen alten Pferdehof gekauft und ihn nach ihren Vorstellungen umgebaut. Bis auf das Wohnhaus waren alle ursprünglichen Gebäude abgerissen worden; Sue hatte einen hellen, luftigen Stall und neue Wirtschaftsgebäude bauen lassen und das Ganze „Sunshine Ranch" getauft.

Inzwischen standen elf Pferde, ein Fohlen und ein Esel in den Boxen, außerdem lebten noch zwei Hängebauchschweine, eine Ziege und unzählige Gänse, Enten und Hühner auf der Ranch. Und natürlich die beiden Hunde. Heinrich war ein zotteliger Mischling und gehörte eigentlich Sues Freund Stefan. Den Neufundländer Washington hatte Sue gekauft, um einen Wachhund für die Ranch zu haben. Washington war zwar furchterregend groß, aber durch und durch harmlos und viel zu faul, um Verbrecher in die Flucht zu schlagen.

„Bitte was?" Juliana sah Sue fragend an.

„Kannst du Fabian die Ranch zeigen?"

„Nein!", stieß Juliana hervor. „Ich meine, nicht jetzt. Ich muss nach Hause."

Fabian verzog unwillkürlich das Gesicht.

„Tut mir leid", fügte Juliana hinzu. „Ein andermal gern."

Als Juliana sich zum Gehen wandte, stellte sie fest, dass Fabian ziemlich groß war. Ein ganzes Stück größer als sie und das mochte was heißen. Juliana war in den letzten Monaten richtiggehend in die Höhe geschossen. Es gab nur drei Jungen in ihrer Klasse, die sie nicht überragte.

„What a pity." Sue verzog das Gesicht. „Na gut, dann will ich dich nicht länger aufhalten."

„Tschüss!" Juliana hastete in Richtung Sattelkammer davon und stolperte dabei über Washington, der eine besondere Begabung dafür hatte, plötzlich aus dem Nichts aufzutauchen und im Weg herumzuliegen. „Verdammt!"

„Washington, come here!"

Auf Sues Zuruf erhob sich der Hund und machte einen großen Schritt nach vorn, sodass er Juliana erneut aus dem Gleichgewicht brachte. Der Sattel rutschte ihr aus den Armen und fiel zu Boden.

Washington wedelte freundlich. Dann gähnte er und ließ sich wieder zu Boden plumpsen.

Zum Teufel mit dem Köter! Und zum Teufel mit diesem blöden Fabian, der jetzt auch noch unverschämt grinste. Juliana griff nach dem Sattel und verschwand damit in der Kammer. Sie wusste wirklich nicht, was es hier zu lachen gab.

Pizza Diavolo

Juliana kam zu spät zum Abendessen. Obwohl sie sich so beeilt hatte, dass sie im Fasanenweg fast mit dem Bus zusammengestoßen wäre, obwohl sie sich in der Einfahrt einen langen, blutigen Kratzer an der Weißdornhecke geholt hatte und obwohl sie ihr Bestes gegeben hatte, kam sie zu spät.

„Also wirklich“, sagte ihre Mutter vorwurfsvoll, als sie die Tür öffnete, und Juliana ins Haus schoss, ihre Reitstiefel von den Füßen kickte und im Bad verschwand, um sich vor dem Essen wenigstens noch die Hände zu waschen. „Du weißt doch, dass Papa es nicht ausstehen kann, wenn du unpünktlich bist.“

Lasst mich doch alle in Ruhe, dachte Juliana, während sie viel zu heißes Wasser über ihre Hände laufen ließ. Zum Abtrocknen war keine Zeit. Nur schnell ins Wohnzimmer.

Natürlich saßen schon alle am Tisch. Ihr Vater, ihre Mutter und ihr kleiner Bruder Johann. Sie hielten die Köpfe über die Teller gebeugt, von denen es in ihre Gesichter dampfte. Spaghetti Bolognese.

Julianas Magen knurrte. „Entschuldigung“, murmelte sie und ließ sich rasch neben Johann nieder. „Aber Sue wollte noch …“

Klirrend warf ihr Vater seine Gabel auf den Tisch. „Jetzt reicht's mir aber!“, rief er. „Diese ständigen Ausreden. Es interessiert mich nicht, was deine Sue will oder eine deiner Freundinnen oder dein blöder Gaul. Wir essen um sieben, das ist jeden Abend so, und ich erwarte, dass du pünktlich bist. Ist das etwa zu viel verlangt?“ Seine Stimme war mit jedem Wort lauter geworden, den letzten Satz brüllte er.

Juliana senkte den Kopf noch tiefer über ihren Teller.

„Schau mich an, Juliana!“, brüllte ihr Vater. „Und antworte mir gefälligst. Ob das zu viel verlangt ist, will ich wissen!“

„Nein“, flüsterte Juliana. „Aber …“

„Nichts aber!“, donnerte ihr Vater. „Du bist rücksichtslos und egoistisch. Geh auf dein Zimmer, ich will dich hier nicht am Tisch sehen!“

Juliana stand auf. Ihr Magen knurrte noch lauter als vorhin, so laut, dass ihr Vater es hören musste. Sie hatte zu Mittag einen Becher Joghurt gegessen und seitdem nichts mehr. Sie war am Verhungern, aber das war ihr im Moment egal. Nur raus hier, nichts wie weg!

„Jürgen“, hörte Juliana ihre Mutter leise sagen, während sie zur Tür ging. Mehr sagte sie nicht, aber das war ihrem Vater schon zu viel.

„Willst du sie jetzt etwa noch verteidigen?“, zischte er seine Frau an. „Ach, macht doch, was ihr wollt! Mir ist der Appetit vergangen.“

Dann schmiss er seine Gabel zum zweiten Mal auf den Tisch und erhob sich ebenfalls. Juliana rannte die Treppe zu ihrem Zimmer hoch. Wenn ihr Vater einen seiner Wutausbrüche hatte, machte er ihr richtig Angst.

Früher war er der lustigste Mann der Welt gewesen. Er war mit Juliana und Johann herumgetobt und für jeden Blödsinn zu haben gewesen. Ab und zu war er sauer geworden und hatte herumgebrüllt, wie andere Väter auch. Aber dann hatte er angefangen, sich zu verändern. Zwar war er auch jetzt noch manchmal in bester Stimmung und ging mit ihnen in den Zirkus, Eis essen oder ins Wellenbad. Aber auf seine Laune war kein Verlass. Sie konnte jeden Moment kippen – und sei es nur, dass Juliana ihre Schwimmbrille vergessen hatte oder Johann im Restaurant seine Cola umschmiss. Von einer Sekunde auf die andere runzelte sich seine Stirn, zogen sich seine Augenbrauen zusammen, wanderten seine Mundwinkel nach unten.

Dann war er sauer.

Und fing an zu brüllen.

In der Öffentlichkeit hielt er sich meist zurück. Immerhin war er ein erfolgreicher Rechtsanwalt, Teilhaber einer großen Kanzlei in der Innenstadt. Da durfte er sich nicht einfach so gehen lassen. Jederzeit konnte ein Mandant oder ein Kollege in der Nähe sein und alles mitbekommen.

Aber zu Hause, da brüllte er und tobte und schrie. Zu Hause war Julianas Vater der Boss. Er bestimmte und seine Kinder hatten zu folgen.

Ihre Mutter litt darunter, das wusste Juliana. Diese explosionsartigen Wutausbrüche zehrten an ihren Nerven, aber wenn sie sich widersetzte, wenn sie ihren Mann zurechtwies, wurde alles nur noch schlimmer. Dann dauerte es manchmal Tage, bis er sich wieder beruhigt hatte.

„Manchmal würde ich am liebsten meine Sachen packen und abhauen“, hatte Frau Melzer kürzlich einer Freundin anvertraut. Juliana hatte zufällig mitgehört, obwohl es natürlich nicht für ihre Ohren bestimmt war.

Ich komme mit, hatte Juliana gedacht. Lieber heute als morgen. Ich halt das nicht mehr aus.

Julianas Magen knurrte. In ihrem Schreibtisch mussten doch noch die Kekse sein, die sie nach dem letzten Wutanfall ihres Vaters dort versteckt hatte. Aber als sie die oberste Schublade aufzog, fand sie nur eine leere Packung.

Richtig. Die Kekse hatte sie ja vor zwei Tagen zusammen mit Ayla vertilgt. Zu dumm.

Sie schaltete den Computer an. Aus Online-Spielen machte sie sich nicht viel, aber vor ein paar Tagen hatte sie sich in einem Reiterforum angemeldet. Beim Surfen war sie zufällig auf die *Pferdewelt* gestoßen – das Forum hatte ihr gleich gefallen, weil es so klein und übersichtlich war. Die meisten User waren in ihrem Alter, und in den Diskussionen ging es nicht um Pferdekauf und Auktionen, sondern ums Reiten.

Sie loggte sich ein. Sandy13, MischaX und Blabla waren online. Juliana hatte ihr Profil *Nike* getauft, nach ihrem Pflegepferd.

Sie las ein paar neue Posts, schrieb einen Kommentar zu einem Eintrag von Sandy13, die an einem Freestyle-Turnier teilnehmen wollte, und chattete ein paar Minuten mit Blabla über ein Freestyle-Turnier, an dem Blabla vor Kurzem teilgenommen hatte. Aber dann brach Juliana das Gespräch ab. Sie konnte sich einfach nicht auf die Computer-Plauderei konzentrieren. Sie war viel zu hungrig. Und sauer.

Fünf Minuten!

Sie war fünf Minuten zu spät gekommen und ihr Vater machte einen Aufstand, als ob man sie beim Drogendealen erwischt hätte. *Geh auf dein Zimmer, ich will dich hier nicht am Tisch sehen!*

Juliana schnaubte verächtlich und trat ans Fenster, nur um sofort wieder zurückzuschrecken. Ihr Zimmerfenster ging zum Nachbargarten und dort unten stand John.

John Schildock.

Die Schildocks waren vor vier Wochen ins Nachbarhaus eingezogen, sehr zum Missfallen von Julianas Vater. *Pack* nannte er die neuen Nachbarn nur. „Da können wir uns auf etwas gefasst machen“, hatte er geschimpft, als er Johns Eltern das erste Mal zu Gesicht bekommen hatte.

Er kannte Herrn Schildock von früher. Irgendetwas musste zwischen Julianas Vater und Herrn Schildock vorgefallen sein. Vielleicht waren sie sich beruflich vor Gericht begegnet und Schildock hatte den Prozess gewonnen. Was immer es war, Herr Melzer redete nicht darüber. „Das unterliegt der Schweigepflicht“, hatte er nur geknurrt, als Juliana ihn darauf angesprochen hatte.

Dabei wirkten die Schildocks ganz sympathisch. Na gut, Herr Schildock sah ein wenig seltsam aus mit seinem grauen Schnurrbart und einem dünnen, langen Zopf, obwohl er auf dem Kopf bereits kahl war. Aber wenn er Juliana oder ihre Mutter traf, grüßte er immer freundlich. Nur ihren Vater ignorierte er.

John und seine drei Schwestern schienen auf jeden Fall nett zu sein. Die drei Mädchen waren ein paar Jahre jünger als Juliana, John war älter als sie, sechzehn, vielleicht sogar schon siebzehn Jahre alt. Er hatte furchtbar viele Pickel – aber dafür konnte er ja nichts.

Sie linste durch die Vorhänge nach draußen. John saß in der rostigen Hollywoodschaukel, die der Vormieter im Garten zurückgelassen hatte, einen offenen Pizzakarton auf den Knien. Jetzt nahm er sich ein Stück heraus, der Käse zog sich in langen köstlichen Fäden. Juliana lief das Wasser im Mund zusammen. Hunger! Unwillkürlich trat sie näher an die Scheibe. Sie hatte das Gefühl, die Pizza riechen zu können. Dabei war das Fenster geschlossen. Plötzlich blickte John zu ihr hoch. Sie wollte sich schnell hinter dem Vorhang verstecken, aber es war zu spät. Er hatte sie bemerkt. Vielleicht hatte er sie ja vorhin schon entdeckt.

Sie hob zögernd die Hand, grüßte zu ihm hinunter.

Er lächelte und grüßte mit der Pizza in der Hand zurück.

Dann hob er die Schachtel ein Stück in die Höhe. Und lächelte noch breiter.

Er bot ihr ein Stück an. Pizza. Frische, leckere Pizza.

Sie zögerte.

Er winkte sie mit der Hand zu sich herunter. Worauf wartest du noch, hieß das.

Das geht nicht, dachte Juliana. Ihr Vater würde ausrasten, wenn er sie mit John Schildock Pizza essen sah, nachdem er sie auf ihr Zimmer geschickt hatte.

Aber ihr Vater hockte sicherlich in seinem Arbeitszimmer und starrte in den Computer oder in eine Akte. Er würde überhaupt nicht mitbekommen, dass sie sich mit dem Nachbarjungen unterhielt.

Und außerdem, dachte Juliana, was soll's?

Sie schlich in den Hausflur und verließ auf Strümpfen das Haus, die Schuhe in der Hand. Erst in der Auffahrt zog sie sie an.

Die Fenster des Arbeitszimmers und des Wohnzimmers führten zum Glück nach hinten auf ihren eigenen Garten. So konnte keiner sehen, wie Juliana über die Straße rannte, die Gartenpforte der Schildocks öffnete und am Haus vorbei in den Garten eilte. In den Blumenbeeten wucherten Brennnesseln, Disteln und riesige Löwenzahnstauden. Von Gartenarbeit schienen die Schildocks nicht viel zu halten.

Was für ein Unterschied zu dem gepflegten Rosengarten von Julianas Eltern.

Der Rasen, der bei den Melzers dunkelgrün und unkrautfrei war, war bei den Schildocks verdorrt. Mitten auf der gelbbraunen Fläche stand die rostige Hollywoodschaukel. Und auf der Hollywoodschaukel saß John.

„Hi“, sagte er. „Super, dass du gekommen bist. Hätt ich nicht gedacht, dass du dich traust.“ Attraktiv ist er ja nicht gerade, dachte Juliana. Nicht nur wegen der furchtbaren Akne, auch seine Haare waren dünn und gehörten dringend geschnitten – oder zumindest gewaschen. Seine Nase war viel zu groß und seine Augen sahen wässrig aus.

„Wieso sollte ich mich denn nicht trauen?“, fragte sie.

Er grinste und antwortete nicht. Die Antwort lag ja auf der Hand: Ihre Eltern hassten sich. Zumindest ihre Väter. Das wusste er so gut wie sie.

„Komm, setz dich", sagte John und rutschte ein Stück zur Seite.

Juliana zögerte. Sie kannte John doch überhaupt nicht. Plötzlich kam es ihr falsch vor, sich einfach so neben ihn zu setzen. Als wären sie Freunde. Aber stehen bleiben und von einem Fuß auf den anderen treten – das ging auch nicht.

Also setzte sie sich. Sie rutschte dabei ganz ans andere Ende der Schaukel und schlug die Beine übereinander.

„Ein Stück Pizza?", fragte John. „Greif zu. Du siehst irgendwie hungrig aus."

Sie zuckte mit den Schultern, aber im selben Moment knurrte ihr Magen wie ein wildes Tier.

„Hilfe!" John rückte in gespieltem Entsetzen von ihr ab.

Juliana musste lachen. Sie schnappte sich ein Stück Pizza aus dem Karton. Dieser Duft! Köstlich. Sie schloss verzückt die Augen, nahm einen großen Biss und begann zu kauen. Aber dann explodierte die Pizza in ihrem Mund. Von einer Sekunde auf die andere stand alles in Flammen – ihre Zunge, ihr Gaumen, ihre Kehle.

„Aaah!", japste sie. „Was ist das denn? Das ist ja höllenscharf!" Leider fiel ihr erst jetzt auf, dass die

Pizza nicht nur mit Tomaten, Käse und Salami, sondern auch mit roten Chilischoten belegt war.

„Pizza Diavolo“, erklärte John. „Das ist Tonis Spezialsorte, die macht er nur für mich. Ist meine absolute Lieblingspizza.“

Juliana fächelte sich kühle Luft zu. „Wasser“, keuchte sie. „Ich brauch dringend was zu trinken!“

„Wasser nützt da gar nichts. Milch ist besser.“ Er erhob sich und ging ins Haus. Kurz darauf kam er mit einer Milchflasche wieder zurück. „Bitte schön.“

Er hatte kein Glas mitgebracht, also trank sie direkt aus der Flasche. Und es wirkte: Die kühle Milch linderte das Brennen in ihrem Mund.

Während sie die Flasche zuschraubte, nahm John sich ebenfalls ein Pizzastück und biss genussvoll ab. „Mmmmh.“

„Kannst du das einfach so essen?“

„Lecker!“, erwiderte er mit vollem Mund. „Gibst du etwa schon auf?“

„Hm.“ Sie betrachtete den Pizzarest in ihrer Hand. „Stört es dich, wenn ich die Chilis runternehme?“

„Kein Problem.“

So war es besser. Immer noch scharf, aber erträglich.

„War gemein von mir, ich geb’s zu“, sagte John, als er sein Stück vertilgt hatte. „Ich hätte dich warnen sollen. Aber ich wollte mal sehen, was passiert.“

„Und? Was siehst du?“

Er wurde plötzlich ganz ernst, beugte sich zu ihr und betrachtete zuerst ihre linke Gesichtshälfte, dann die rechte. Juliana spürte, wie ihr ein kalter Schauer über den Rücken lief. Seine Haare waren fettig. Und diese Pickel! „Normalerweise rauchen die Leute aus den Ohren“, sagte John. „Aber bei dir ist nichts zu sehen. Herzlichen Glückwunsch.“

„Danke“, sagte Juliana und rückte unwillkürlich noch ein Stück zur Seite, sodass sie fast von der Schaukel gefallen wäre.

Sie teilten sich den Rest der Pizza, und obwohl Juliana alle Peperonistücke fein säuberlich herunterpulte, brauchte sie fast die ganze Flasche Milch, um die Mahlzeit einigermaßen unbeschadet zu überstehen. „Puh“, meinte sie, als sie fertig waren. „Meine Lieblingssorte wird das bestimmt nicht. Ich bleib eher bei Pizza Margherita.“

Er zuckte mit den Schultern. „Wenn du dich einmal dran gewöhnt hast, macht es süchtig. Aber ich glaube, wir haben indische Vorfahren in der Familie, mir liegt die Schärfe sozusagen im Blut.“

„Mir nicht. Wenn ich nicht so hungrig gewesen wäre, hätte ich bestimmt nicht mehr als einen Bissen gegessen.“

Er betrachtete sie einen Moment lang nachdenklich mit zusammengezogenen Brauen. „Wieso warst du denn so hungrig? Kriegst du zu Hause nichts zu essen?“

Sie winkte ab. „Lassen wir das."

„Wie du meinst." Er lehnte sich zurück, streckte die langen Beine aus und brachte die Hollywoodschaukel zum Schwingen. Das Gestänge quietschte und ächzte beängstigend.

„Müsste mal wieder geölt werden", meinte John mit einem skeptischen Blick nach oben. „Gut, dass du nicht dick bist."

„Oder du", sagte Juliana.

Dann geh ich mal wieder nach Hause, wollte sie noch hinzufügen, aber John war schneller.

„Schön", meinte er.

„Was?"

„Dass du runtergekommen bist. Tja. Was Hunger so auslösen kann. Da vergisst man alles. Willst du noch ein Eis? Ganz ohne Peperoni?"

„Danke, das ist nett. Aber ich bin echt voll."

„Hast du etwa daran gezweifelt?"

„Woran?"

„Dass ich nett bin."

„Nie", log Juliana. „Ich muss jetzt los. Muss noch Hausaufgaben machen."

„Ist es nicht ein bisschen spät dafür?"

„Ja, ich weiß. Aber ich war den ganzen Tag auf der Ranch."

„Du reitest?", fragte John erstaunt. „Ich mag Pferde total gern und bin früher auch geritten. Wenn ich irgendwann mal einen guten Job habe, dann kauf ich mir einen schwarzen Hannoveraner, so viel steht fest."

„Warum denn ausgerechnet einen schwarzen Hannoveraner?"

„Ich hatte mal einen. Baccara, das tollste Pferd der Welt."

„Und was ist aus Baccara geworden?"

Er schüttelte den Kopf. „Das ist eine lange Geschichte. Ohne Happy End. Wo reitest du denn?"

„Auf der Sunshine Ranch", sagte Juliana.

„Hast du ein eigenes Pferd?"

„Ein Pflegepferd, für das ich allein zuständig bin. Sie heißt Nike", erklärte Juliana.

Denn sie und die anderen Pferdemädchen hatten eine Abmachung mit Sue. Jede von ihnen trug die Verantwortung für ein Pferd. Und im Gegenzug durften sie ausreiten, so oft und so lange sie wollten.

Nach den Hausaufgaben rannten Juliana, Ayla, Hannah, Myriam, Sina und Tori deshalb direkt zur Sunshine Ranch. Am Wochenende und in den Ferien kamen sie sogar gleich nach dem Frühstück und gingen erst zum Abendessen zurück nach Hause. Die meisten anderen Mädchen in ihrer Klasse hielten sie für vollkommen verrückt.

Ihr hängt die ganze Zeit in dem stinkenden Stall rum und habt überhaupt keine Freizeit, hatte Sandra neulich naserümpfend bemerkt.

Die Sunshine Ranch ist unser Leben, konterte Juliana in solchen Fällen immer. Und das sahen ihre Freundinnen ganz genauso.

„Wenn ich nicht so viel um die Ohren hätte, würd ich auch wieder mit dem Reiten anfangen“, meinte John. „Aber im Moment ist das leider nicht drin. Ich hab gerade erst eine Ausbildung begonnen.“

„Schade“, meinte Juliana, war aber insgeheim erleichtert. „Jetzt muss ich aber wirklich los.“

„Na dann. Man sieht sich. Die nächste Pizza geht auf dich.“

Juliana lächelte etwas gequält. „Die wird dann aber nicht so scharf.“

Nervensäge

Fabian wollte es wirklich wissen. Und zwar ganz genau. Juliana hatte dem Sohn des Tierarzts eigentlich nur schnell die Ranch zeigen wollen, um dann mit Ayla, Hannah und Hannes auszureiten. Aber aus dem kurzen Rundgang war eine endlose Besichtigungstour geworden. Die anderen waren inzwischen längst ohne sie losgezogen.

Zuerst hatte sie Fabian durch den Stall und dann zur Pferdeweide geführt. Nun standen sie am Außenstall, in dem Esel Fritz, die Stute Becky und ihr Fohlen Frida untergebracht waren. Und das schon seit einer Dreiviertelstunde. Fabian stellte eine Frage nach der anderen. Welche Einstreu sie in den Boxen verwendeten, ob die Pferde auch im Winter auf die Weide kamen, ob sie Turniere auf der Ranch veranstalteten und wer den Reitunterricht gab.

„Im Moment unterrichtet hier nur Sue“, erklärte Juliana. „Aber sie sucht schon seit Wochen händeringend nach einem neuen Reitlehrer. Wenn du also jemanden kennst, immer raus mit der Sprache.“

„Vielleicht kann ich euch wirklich weiterhelfen", meinte Fabian und lächelte geheimnisvoll. Offensichtlich hoffte er darauf, dass Juliana nachhakte. Aber sie dachte gar nicht daran. Sie wollte die blöde Führung hinter sich bringen, so schnell wie möglich.

„Da hinten ist die Futterkammer", sagte sie und wies auf einen kleinen Schuppen hinter dem Stall. „Da müssen wir jetzt ja nicht unbedingt rein ..."

Aber Fabian war schon losmarschiert. „Doch! Das richtige Futter ist schließlich total wichtig."

In der Futterkammer fielen ihm natürlich zweitausend neue Fragen ein, und als es Juliana gelungen war, ihn nach nebenan in die Sattelkammer zu schleusen, wollte er doch tatsächlich wissen, welche Sattelseife sie benutzten.

„Ich habe keinen blassen Schimmer", erwiderte Juliana entgeistert. „Frag doch Sue, wenn dich das so brennend interessiert. Oder Stefan, unseren Verwalter. Der kennt sich bestens aus. Ich reite hier nur."

„Das ist ja auch die Hauptsache", meinte Fabian. Er schien überhaupt nicht zu bemerken, wie sehr er Juliana auf die Nerven ging.

Ich muss ihn irgendwie abschütteln, dachte sie verzweifelt.

„Und da hinten?", fragte Fabian, als sie wieder auf dem Hof standen. „Ist da auch noch was?"

„Nur der Reitplatz. Aber ich muss jetzt wirklich ..."

Die letzten Worte hörte Fabian gar nicht mehr. Er war bereits über den Hof gerannt, stand nun neben dem Haus und reckte den Hals. „Ist das ein Roundpen?“, rief er Juliana zu.

„Nein, eine Stierkampfarena“, entgegnete Juliana finster.

Fabian lachte. „Sehr witzig. Das muss ich mir unbedingt genauer anschauen.“

„Tu das. Ich hab jetzt leider keine Zeit mehr. Nike ist seit Tagen nicht mehr richtig bewegt worden, ich muss mich dringend um sie kümmern.“

„Du willst ausreiten? Super! Ich komm mit!“

„Wie bitte?“ Am liebsten hätte Juliana laut geschrien. Merkte dieser Typ denn nicht, dass er ihr tierisch auf den Geist ging? So borniert konnte doch keiner sein.

„Ich begleite dich“, verkündete Fabian.

„Das geht leider nicht. Du darfst erst ausreiten, nachdem du zehn Reitstunden absolviert hast. Eiserne Regel auf der Sunshine Ranch. Da ist Sue gnadenlos. Sorry.“

„Das ist kein Problem. Ich hab vor ein paar Monaten meinen ersten Trainerschein gemacht. Sue hat gestern gesagt, dass ich jederzeit ins Gelände kann. Ich müsste nur wissen, welches Pferd ich nehmen kann.“

„Keine Ahnung“, meinte Juliana gereizt. „Mir gehören die Pferde nicht. Da musst du schon Sue fragen.“

„Sue ist vorhin in die Stadt gefahren. Aber sie meinte gestern, dass ihr genauso gut Bescheid wisst wie sie.“

Das war typisch. Wahrscheinlich hatte Sue einfach keine Lust, sich mit Dr. Knopflers verwöhntem Bengel herumzuschlagen. Und nun durfte Juliana sich um ihn kümmern.

„Dann nimm meinetwegen Harlekin", sagte Juliana. „Der ist ideal für Anfänger." Das mit den Anfängern war natürlich gemein, aber die Spitze prallte an Fabian ab, wie alles andere auch.

„Super", strahlte er. „Und du?"

„Ich nehme Nike. Sie ist mein Pferd. In Wirklichkeit gehört sie natürlich Sue. Aber ich pflege, putze und reite sie."

„Na dann mal los", sagte Fabian. „Worauf warten wir noch?"

Fabian war ein toller Reiter, das musste Juliana zugeben. Er saß ganz entspannt auf Harlekin. Die Zügel hielt er locker in einer Hand, er benutzte sie kaum. Im Grunde dirigierte er Harlekin nur mit seinen Schenkeln und indem er sein Gewicht verlagerte. Der schwerfällige Wallach schien Fabians Souveränität genau zu spüren, jedenfalls bewegte er sich erstaunlich leichtfüßig und elegant.

„Du reitest schon ziemlich lang, oder?", fragte Juliana, als sie am Bach eine Rast machten und die Pferde trinken ließen.

„Seit ich denken kann", sagte Fabian. „Meine Eltern

haben mich zum Reitstall geschleppt, da konnte ich noch nicht einmal richtig laufen."

„Echt? Aber dein Vater reitet doch gar nicht." Juliana konnte sich jedenfalls nicht daran erinnern, Dr. Knopfler je auf einem Pferd gesehen zu haben.

„Nicht mehr. Er hat es aufgegeben, nachdem meine Mutter ausgezogen ist. Hatte wohl keine Lust mehr ohne sie."

„Aber du bist auch weiterhin geritten?"

„Immer." Fabian nickte. „Meine Mutter ist Turnierreiterin, sie hat mich trainiert. Sie hatte die Hoffnung, dass ich genauso ehrgeizig werde wie sie. Aber ich hatte keine Lust auf den Turnierstress. Ich reite nur zum Vergnügen."

„Dafür kannst du es aber richtig gut."

„Danke. Du auch." Dass das eine Lüge war, war Juliana klar. Sie war keine herausragende Reiterin, obwohl sie nun schon seit vier Jahren Reitunterricht nahm. Aber im Gegensatz zu Tori oder Myriam, die erfolgreich an Turnieren teilnahmen, fand Juliana nichts daran, ihre Nachmittage mit Nike im Roundpen zu verbringen und dort stundenlang Spins und Sliding Stops zu üben oder wie man ein Tor öffnete, ohne aus dem Sattel zu steigen. Lieber trabte sie mit Nike durchs Gelände oder galoppierte am Bach entlang.

„Ihr passt nur leider nicht so gut zusammen", sagte Fabian nachdenklich.

„Wie kommst du denn darauf?"

„Nike ist nicht das richtige Pferd für dich. Sie ist viel zu klein ..."

Juliana erhob sich. Jetzt reichte es wirklich. Dieses Thema hatte ihr gerade noch gefehlt. Als ob sie nicht selbst wüsste, dass sie zu groß für Nike war.

Juliana war in den letzten Monaten auf einen Meter vierundsiebzig geschossen. Und Nike hatte gerade einmal ein Stockmaß von hundertvierzig Zentimetern. Zu allem Überfluss war sie für eine Haflingerstute auch noch ziemlich zierlich gebaut.

„Deine Füße berühren ja schon fast den Boden", hatte Sue neulich bemerkt. „Du brauchst ein größeres Pferd."

„Niemals!", hatte Juliana gesagt. „Nur über meine Leiche."

„Nun sei doch nicht albern", hatte Sue erwidert und ihr vorgeschlagen, dass sie sich ja trotzdem um Nike kümmern könne. Mit einem trotzigen „Und außerdem wachse ich nicht mehr!" hatte Juliana den Stall verlassen und ein stilles Stoßgebet zum Himmel geschickt, dass das auch stimmte. Ihr Vater war eins neunzig, wenn sie nun nach ihm kam – nein, darüber wollte sie gar nicht erst nachdenken.

„Ich muss nach Hause", verkündete sie plötzlich.

„Was ist denn nun los?", fragte Fabian erstaunt. „Hab ich was Falsches gesagt? Ich wollte dich nicht beleidigen."

„Quatsch. Aber wenn ich heute wieder zu spät zum Abendessen komme, reißt mir mein Vater den Kopf ab." Und das war nicht einmal gelogen.

„Dieser Fabian ist doch eigentlich ganz nett", meinte Ayla, als sie und Juliana später gemeinsam nach Hause radelten.

„Machst du Witze?", fragte Juliana. „Ich hatte schon lange keinen so fürchterlichen Nachmittag mehr wie heute. Ich frage mich, warum ausgerechnet *ich* mich um ihn kümmern musste."

„Musstest du doch gar nicht. Wenn du nur einen Ton gesagt hättest, hätte ich ihn dir gern abgenommen. Ich find den Typen echt schnuckelig."

„Schnuckelig?", rief Juliana. „Ich glaub, du tickst nicht richtig! Der ist die totale Nervensäge. *Welches Futter füttert ihr den Pferden bei?*, ahmte sie ihn nach. *Doch nicht etwa Kraftfutter? Also, ich bin ja immer für Mash. Das ist die beste Vorbeugung gegen Koliken.*

„Recht hat er", meinte Ayla. „Dieses blöde Kraftfutter hat Saphir im letzten Winter wirklich nicht gut vertragen. Vielleicht sollten wir es mal mit Mash versuchen."

„Vielleicht solltest du dich mal mit Professor Fabian Knopfler darüber unterhalten", zischte Juliana. „Der kann dir bestimmt auch sonst noch so manchen guten Tipp geben."

„Warum bist du denn plötzlich so aggressiv?“, wunderte sich Ayla.

„Ihr hattet euren Spaß und ich musste mich um Doktor Doktor Schlaumeier kümmern.“

„Ach komm, beruhig dich wieder. Hast du eigentlich schon die Englischhausaufgaben fertig?“

„Die Übersetzung? Die hab ich heute Morgen in der Schule gemacht.“

„Echt? Kann ich die haben? Das wäre supernett!“

„Klar. Obwohl – ich bin wieder ziemlich spät dran. Und wenn ich heute nicht pünktlich am Abendbrottisch sitze …“

„Dein Vater hat doch echt ’ne Meise“, seufzte Ayla.

„Weißt du was? Ich schleich mich nach dem Essen raus und bring dir die Übersetzung rüber. Hauptsache, ich bin rechtzeitig zu Hause.“

Gute Ratschläge

Als sie von Aylas Haus zurückrannte, prallte sie fast mit John zusammen, der an einem Bauzaun lehnte und telefonierte.

„Hi!“, rief er erfreut, als er sie erkannte. „Wolltest du mich zum Pizzaessen einladen?“

„Heute nicht.“ Juliana keuchte, weil sie so schnell gerannt war. John kam ihr schon wieder so verdammt nah. Warum konnte er nicht ein bisschen mehr Abstand halten? „Ich war kurz bei meiner Freundin und hab ihr die Hausaufgaben vorbeigebracht.“

„Das ist aber nett von dir. Und jetzt, was hast du nun vor?“

„Jetzt muss ich heim.“

„Hausaufgaben, ich weiß. Fleißiges Mädchen.“

„Nee, damit bin ich fertig.“ Warum erzählte sie ihm das überhaupt? Das ging ihn doch überhaupt nichts an.

„Ich geh jetzt in die Stadt. Kannst ja mitkommen, wenn du Lust hast“, schlug John vor und sah sie an.

„Das geht leider nicht. Meine Eltern …“

Er nickte, bevor sie den Satz beendet hatte. „Schon gut. Wahrscheinlich kommst du sowieso nicht in die Clubs rein, in die ich will. Dann mach's gut. Und vergiss unsere Pizza nicht."

„Ganz bestimmt nicht."

Sie hob die Hand und rannte los. Noch bis an die Haustür spürte sie seinen Blick im Rücken.

Langsam drehte sie den Schlüssel im Schloss, drückte dann vorsichtig gegen die Tür. Bloß kein Geräusch machen. Wenn ihr Vater mitkriegte, dass sie nach dem Abendessen noch mal aus dem Haus gerannt war …

Er stand im Flur und erwartete sie.

Juliana zuckte erschrocken zusammen, als wäre sie ein Einbrecher, den man auf frischer Tat ertappt hatte.

„Wo kommst du denn jetzt noch her, Juliana?" Seine Stimme klang erstaunlich freundlich. Aber das konnte täuschen, die schrecklichsten Stürme begannen mit einem sanften Säuseln.

„Ich … äh … war noch kurz bei Ayla", stammelte Juliana. „Hab ihr die Hausaufgaben vorbeigebracht." Hatte ihr Vater vielleicht sogar beobachtet, wie sie mit John geredet hatte?

Ihr Vater nickte, immer noch milde. „Ich muss mal mit dir reden, Juliana. Kommst du mit in mein Arbeitszimmer?"

Natürlich kam sie mit, es blieb ihr ja nichts anderes übrig. Ihr Vater setzte sich an seinen Schreibtisch und Juliana ließ sich auf einem Hocker nieder.

„Ich wollte mich bei dir entschuldigen", begann Herr Melzer. „Wegen gestern. Ich ... hab vollkommen überreagiert. Ich hätte dich nicht ohne Essen ins Bett schicken sollen. Es tut mir leid."

Was waren das denn auf einmal für Töne? Ihr Vater entschuldigte sich bei ihr? Das war noch nie vorgekommen.

Ihr Vater sortierte ein paar Unterlagen, Geschäftsbriefe und Notizen zu einem Stapel.

Nervös strich er mehrmals mit der Hand über das oberste Blatt, als habe er Angst, dass die Seiten davonfliegen könnten.

Juliana wusste nicht, was sie sagen sollte. Irgendetwas musste sie doch antworten. Aber wenn sie etwas Falsches entgegnete, dann bekam er gleich den nächsten Wutanfall und rastete wieder aus.

Sie räusperte sich. „Mir tut's auch leid, dass ich zu spät gekommen bin. Aber Sue wollte mir unbedingt noch jemanden vorstellen, ich konnte sie doch nicht einfach so stehen lassen."

„Und ich hatte einen harten Tag im Gericht. Am Ende hab ich meinen Ärger an dir ausgelassen."

Diese Entschuldigung hatte sie bestimmt ihrer Mutter zu verdanken. Kurz nachdem Juliana gestern aus

Schildocks Garten nach Hause gerannt war, war ihre Mutter zu ihr ins Zimmer gekommen, einen Teller mit Spaghetti Bolognese in den Händen, die Juliana dankend abgelehnt hatte. Nach der scharfen Pizza hätte sie keinen Bissen mehr heruntergebracht. Ihre Mutter hatte ihr versprochen, noch einmal mit ihrem Vater zu reden – und offensichtlich hatte sie ihr Versprechen gehalten, anders war sein veränderter Gemütszustand nicht zu erklären.

„Juliana, du musst wissen, dass du für mich sehr, sehr wichtig bist", fuhr er jetzt fort. „Du und Johann und Mama, ihr bedeutet mir alles. Ich will, dass wir immer offen und ehrlich zueinander sein können."

Offen und ehrlich. Es war ziemlich schwierig, offen und ehrlich zu sein, wenn der andere ständig unvorhersehbare Tobsuchtsanfälle bekam.

„Und ich hoffe, dass du mir vertraust", fuhr ihr Vater fort.

„Natürlich vertraue ich dir." Mit schlechtem Gewissen dachte Juliana an John Schildock. Ob ihr Vater sie doch zusammen gesehen hatte? Aber warum redete er dann um den heißen Brei herum, anstatt die Sache offen anzusprechen?

„Dann ist es ja gut. Ich liebe dich. Das darfst du nie vergessen."

„Ich hab dich auch lieb", murmelte Juliana und lächelte ihren Vater an, obwohl ihr unbehaglich zumute war. Warum musste er nur so verdammt kompliziert sein?

Jetzt lächelte auch er. „Da bin ich aber froh." Er streichelte ihr über den Kopf. Dann nickte er erleichtert.

Alles war gut. Bis zum nächsten Wutanfall.

Heute war die Hollywoodschaukel im Nachbargarten leer, John war ja in der Stadt. Juliana fragte sich, mit wem er sich dort traf. Ob er eine Freundin hatte? Schwer vorstellbar.

In einem der Zimmer im Nachbarhaus ging das Licht an. Ob John doch schon wieder zurück war? Nein, es war Frau Schildock, die im ersten Stock die Vorhänge zuzog. Welches der Zimmer wohl John gehörte? Vielleicht der Raum im Dachgeschoss mit den schwarzen Rollos. Schwarze Rollos, das passte irgendwie zu ihm. Warum interessierte sie das eigentlich? Ist doch vollkommen egal, dachte Juliana.

Besserwisser

Fabian Knopfler war die schrecklichste Klette der Welt. Er hing seit Neuestem ständig auf der Sunshine Ranch herum und sobald er Juliana auch nur von Weitem sah, rannte er zu ihr und ließ sich nicht mehr abschütteln.

Das Schlimmste war, dass Sue ihn als Trainer eingestellt hatte. „Erst mal übernimmt er nur die Anfänger“, erklärte sie den Pferdemädchen.

„Schade, dass ich kein Anfänger mehr bin“, sagte Tori.

„Wenn er seine Sache gut macht, schauen wir weiter. Ich bin froh über jede Stunde, die ich nicht selbst geben muss“, meinte Sue.

„Wenn du willst, kann ich ihn ja mal testen“, bot Tori ihr an. „Ich meine – nur als Reitlehrer natürlich.“

„Das ist doch nicht dein Ernst?“, fragte Juliana sie, als Sue weg war. „Willst du dich wirklich von Fabian unterrichten lassen? Der ist höchstens sechzehn. Was soll der dir denn beibringen?“

„Hast du den mal reiten sehen? Also, ich denke, ich

könnte noch eine ganze Menge von ihm lernen. Er übrigens auch von mir."

„Er von dir? Was willst du ihm denn beibringen?"

Tori verdrehte die Augen. „Es gibt ja schließlich noch andere Dinge außer Westernreiten." Manchmal war Tori wirklich unmöglich, fand Juliana. Kein Wunder, dass Jonas sich von ihr getrennt hatte. Seit dem Streit neulich hatte er sich nicht mehr auf der Ranch blicken lassen.

„Lass die Finger von Fabian, Tori", sagte Sina. „Der ist viel zu schade für dich."

„Außerdem steht er auf Juliana", meinte Hannah.

„Aber ich nicht auf ihn!", fauchte Juliana.

Sie konnte sich nicht erklären, warum die anderen so begeistert von Fabian waren. Merkten sie denn nicht, wie schleimig er war? „Er sagt immer genau das, was man von ihm hören will", erklärte sie Ayla. „Ist dir das noch nicht aufgefallen?"

„Na und? Ist doch nett von ihm."

Es war sinnlos. Was immer Fabian machte oder sagte, die anderen fanden es hinreißend. Nach zwei Wochen nahmen alle Pferdemädchen Reitstunden bei Fabian. Sogar Hannes, Viktor und Tom ließen sich von ihm unterrichten. Nur Juliana weigerte sich standhaft, eine Probestunde bei ihm zu machen.

Nike stand ganz still, ihr Blick war in sich gekehrt, fast andächtig.

„Das gefällt dir, was?“, flüsterte Juliana. Immer wieder fuhr sie mit der Kartätsche über das hellbraune Fell, das bereits glänzte wie ein Lackschuh.

„Du bist die Schönste“, versicherte Juliana ihr. „Aber jetzt kommen wir zum unangenehmen Teil.“

Kämmen. Das mochte Nike überhaupt nicht.

„Wir machen es kurz und schmerzlos.“ Juliana sprühte Mähnenspray in den hellen Schweif der Stute. Nike, die genau wusste, was sie erwartete, schnaubte unwillig. Unruhig trat sie von einem Fuß auf den anderen.

„Ruhig.“ Juliana tätschelte ihre runde Kruppe. „Gleich ist es überstanden.“

Sie zog die Bürste mit kurzen, kräftigen Bewegungen durch die wirren, hellen Haare. Nike begann zu tänzeln. Juliana begann zu schwitzen.

„Darf ich dir mal einen Tipp geben?“

Juliana stöhnte leise. Fabian. Sie brauchte sich gar nicht umzudrehen, sie erkannte ihn längst an seiner Stimme. Ohne ihre Antwort abzuwarten, öffnete er die Box und trat neben sie.

„Darf ich?“

Bevor sie widersprechen konnte, hatte er ihr die Mähnenbürste auch schon aus der Hand genommen.

„Siehst du? So geht es viel besser.“

Er kämmte zuerst das unterste Ende des Schweifs und

arbeitete sich dann Stück für Stück nach oben durch. Und Nike, die Verräterin, hörte sofort auf zu schnauben und zu tänzeln, und ließ Fabian lammfromm gewähren. Kein Austreten, kein Beißen, wie es sonst der Fall war.

„Bitte schön.“ Er gab ihr die Bürste zurück.

„Danke für den tollen Tipp.“ Juliana warf die Bürste in den Putzkorb. „Ist übrigens nicht gut für den Schweif, wenn man von unten kämmt.“

„Ach ja? Wer sagt das?“

„Die Experten. Ich bin in einem Reitforum, da wurde das vor Kurzem diskutiert. Die Haare werden splissig und dünn, wenn man sie von unten nach oben bearbeitet.“

Das war natürlich totaler Schwachsinn. Aber sie konnte Fabians Besserwisserei einfach nicht mehr ertragen.

„Davon hab ich ja noch nie gehört.“

„Es gibt sogar eine Studie darüber. Kann dir ja mal den Link schicken, wenn du willst“, fabulierte Juliana weiter.

„Super, gern.“

Juliana versetzte Nike einen sanften Klaps auf die Hinterhand und nahm den Korb. „Schluss für heute.“ Die Mähne ließ sie ausnahmsweise aus, sonst fiel Fabian dazu auch noch was Schlaues ein.

„Du kannst mich nicht leiden, oder?“, fragte Fabian.

Du merkst aber auch alles, dachte Juliana.

„Na ja“, sagte sie gedehnt.

„Was, *na ja*?“

„Mich nervt es, dass du glaubst, immer alles besser zu wissen. Ich reite auch schon ein paar Jahre und bin nicht vollkommen blöd.“

„Nee, natürlich bist du nicht blöd“, sagte er betroffen. „Ich wollte dich auch bestimmt nicht nerven ... Ich hab nur gesehen, dass Nike beim Kämmen so unruhig war. Und das mit der Studie wusste ich ja nicht. Du musst mir den Link unbedingt ...“

„So ein Quatsch!“, zischte Juliana.

Er fuhr erschrocken zurück. „Was hast du denn?“

„Das mit der Studie hab ich mir doch nur ausgedacht. Hast du mir das etwa abgenommen?“

„Oh.“ Er klang so verunsichert, dass er ihr schon fast wieder leidtat.

Juliana bückte sich und tat so, als ob sie etwas im Putzkorb suchte, um Zeit zum Nachdenken zu gewinnen.

Dann holte sie tief Luft und drehte sich wieder um.

Ich hab's nicht so gemeint, wollte sie sagen. Aber die Stallgasse war leer. Fabian war weg.

Blackrider

Zunächst hatte Juliana ein schlechtes Gewissen, doch dann war sie erleichtert. Das war's. Nun hatte sie Fabian so gekränkt, dass er sie bestimmt in Ruhe lassen würde.

Aber als sie ihr Fahrrad aufschloss, um nach Hause zu fahren, stand er plötzlich neben ihr.

„Ich muss mal mit dir reden."

„Was gibt's denn noch?", fragte sie genervt. „Ich muss nach Hause. Mein Vater stellt sich immer total an, wenn ich nicht pünktlich zum Essen daheim bin."

„Fünf Minuten."

„Ich bin spät dran. Ich muss echt los."

„Dann komm ich eben mit. Wir können auf dem Weg quatschen." Und schon war er losgerannt und holte sein Fahrrad.

„Du lässt wohl nie locker?", fragte Juliana, als sie durchs Tor auf die Straße fuhren.

„Doch", sagte Fabian. „Keine Sorge. Ich bin zwar manchmal schwer von Begriff, aber sogar ich hab kapiert, dass ich dir auf die Nerven gehe. Ich werd dich auch künftig in Ruhe lassen. Versprochen. Ich wollte dir nur vorher noch was erklären."

Juliana wollte etwas sagen, aber Fabian war schneller. „Lass mich ausreden. Dann bist du mich gleich wieder los."

„Ich hab in den letzten fünf Jahren in Kanada gelebt", begann er, „bei meiner Mutter und ihrem neuen Mann. Wir hatten eine Farm weit draußen auf dem Land. Bis zur nächsten Stadt waren es fast hundert Kilometer. Das war ein ganz anderes Leben als hier. Mein Stiefvater züchtet Westernpferde. Meine Mutter und er haben sich kennengelernt, als sie ihm ein Pferd abgekauft hat."

„Aha", sagte Juliana. „Und weiter?"

„Ich bin mit meinem Stiefvater nicht sehr gut zurechtgekommen. Am Anfang dachte ich, dass es an der Sprache und an dem fremden Land liegt. Aber nachdem ich mich eingelebt hatte, wurde es nicht besser. Ted – so heißt er – ging immer so ruppig mit den Pferden um. Manchmal hat er sie sogar geschlagen. Ich konnte das nicht ertragen, es gab deswegen ständig Ärger zwischen uns. In den letzten Jahren wurden unsere Auseinandersetzungen immer schlimmer. Wir haben uns nur noch gestritten. Und als ich zufällig mitbekommen habe, wie er ein Pferd gepeitscht hat, bin ich total ausgerastet."

„Was hast du gemacht?"

„Ich hab ihm die Peitsche aus der Hand gerissen und ihm damit eins übergezogen."

„Was? Und dann?"

„War alles aus. Er wollte mich nur noch loswerden. Und ich wollte auch weg. Da war Udo – mein richtiger Vater – die einzige Lösung. Ich musste ja irgendwo wohnen."

„Aha", sagte Juliana noch einmal. Sie fragte sich, warum ihr Fabian das alles erzählte.

„Ich weiß ... äh ... dass du mich ziemlich daneben findest. Dass ich dir auf die Nerven gehe und so. Aber für mich ist das hier alles fremd. Dieses Land und die Leute. Ich war elf, als wir nach Kanada gezogen sind. Und in Amerika bin ich nie auf eine richtige Schule gegangen. Meine Mutter hat mich unterrichtet. Ich war nie unter Gleichaltrigen. Ich hab überhaupt kaum eine Menschenseele gesehen. Und hier bin ich auf einmal ständig von Leuten umgeben, alle wollen was von einem. Das ist ungewohnt für mich."

„Klar."

„Ich wollte nur, dass du verstehst, warum ich manchmal so komisch bin. Und warum ich Dinge einfach nicht merke, die für die anderen vollkommen offensichtlich sind. Das liegt nicht daran, dass ich euch nerven will. Ich bin eben ein bisschen ... asozial."

„Asozial?"

„Ich kann nicht so gut mit Menschen umgehen.

Ich weiß oft nicht, wie ich mich richtig verhalten soll."

„So schlimm ist es nun auch wieder nicht", sagte Juliana.

„Doch. Aber egal. Es wird nicht wieder vorkommen ..." Er schluckte und verstummte.

„Ist schon okay", meinte Juliana unbehaglich.

„Gut. Danke. Dann mach ich jetzt die Biege." Er trat ein paarmal kräftig in die Pedale, dann bremste er. „Ach so, noch was."

„Ja?"

„Das mit Kanada und meinem Stiefvater und so, das bleibt unter uns, okay?"

„Klar", sagte Juliana. „Wie du meinst. Obwohl du dich dafür doch nicht schämen musst."

„Ich schäm mich ja auch nicht. Ich will nur nicht drüber reden."

„Ich erzähl keinem was", meinte Juliana. Sie räusperte sich. „Dann muss ich mich wohl bei dir entschuldigen. Tut mir leid, dass ich so unfreundlich war. Aber ich konnte ja auch nicht ahnen, dass dein Leben so kompliziert ist."

„Konntest du auch nicht", sagte Fabian. „Na, dann wünsch ich dir noch einen schönen Abend." Und ehe Juliana etwas sagen konnte, erhob er sich vom Sattel, stellte sich in die Pedale und fuhr davon.

„Dir auch", murmelte Juliana.

Während des ganzen Abendessens ging Juliana die Unterhaltung nicht aus dem Kopf. Dass seine Mutter mit ihm in ein fremdes Land gezogen war, zu einem Stiefvater, mit dem er nicht zurechtkam. Und jetzt wohnte er bei seinem Vater, den er kaum kannte. Wie schrecklich das alles war. In Zukunft werde ich netter zu ihm sein, beschloss sie.

Aber Fabian hatte ja angekündigt, dass er sich künftig von ihr fernhalten würde. Vielleicht würde sich ihr gar keine Gelegenheit mehr bieten, nett zu ihm zu sein.

In ihrem Zimmer schaltete sie den Computer an. Heute war im Forum endlich was los. Westerngirl, Nasha und MischaX waren im Chat.

„Hi, Nike, wie geht's?", fragte Nasha.

„Geht so", schrieb Juliana. „Manche Tage kann man echt vergessen."

„O weh!", schrieb MischaX. „Was ist denn passiert?"

„Och, eigentlich nichts. Hab nur ein schlechtes Gewissen, weil ich gemein zu jemandem war, der es eh schon schwer hat."

„Warum tust du denn so was?", erkundigte sich Westerngirl.

„Ich wusste ja nichts von seiner Situation. Er hat mir erst heute Abend davon erzählt."

„Er!", schrieb Nasha.

„Es geht also um einen Jungen!“, fügte MischaX an. „Erzähl!“

„Da gibt’s nichts zu erzählen. Er ist mir tierisch auf die Nerven gegangen. Das hab ich ihn spüren lassen.“

„Der Arme. Ist er in dich verknallt?“, fragte Nasha.

War Fabian in sie verknallt? Nein, Quatsch. Oder vielleicht doch?

„Glaub nicht. Ist ja auch egal.“

„EGAL???“, schrieb Westerngirl.

„Ich interessiere mich nicht für Jungen“, erwiderte Juliana. „Die gehen mir so was von auf die Nerven. Ohne sie wäre alles viel einfacher.“

„Manche sind doch ganz nett“, fand Westerngirl. „Oder etwa nicht?“

„Klar“, gab Juliana zu. „Aber ohne sie ist es noch netter. Mädchen und Pferde. Reicht doch.“

„Stimmt“, tippte Nasha.

„Hi, Blackrider“, schrieb jetzt Westerngirl. „Wie geht’s?“

Ein weiterer Teilnehmer war in den Chat gekommen. Blackrider. Der Name tauchte rechts neben dem Chatfeld auf.

„Hi“, schrieb Blackrider zurück. „Bin neu hier im Forum und wollt mich mal vorstellen. Oder stör ich?“

„Kein bisschen“, schrieb Juliana und klickte gleichzeitig das Profil des neuen Mitglieds an. Blackrider hieß Schwarzer Reiter, das war ja ein düsterer Nickname, den er sich da ausgesucht hatte. Als Avatar hatte er eine schwarze Rose. Ansonsten gab er nur sehr wenig über sich preis. Aber das Wenige genügte. Blackrider war fünfzehn Jahre alt, Westernreiter – und männlich. Wenn man vom Teufel spricht, dachte Juliana.

„Super", murmelte sie. „Nicht mal hier in der Pferdewelt ist man unter sich."

„Was hältst du denn so von Jungs, Blackrider?", schrieb jetzt MischaX. „Findest du sie auch so daneben wie Nike?"

„Nö", schrieb Blackrider. „Bin ja selbst einer. Aber wenn ihr hier ungestört über Jungen herziehen wollt, hau ich ab. Ich wollt mich ohnehin nur ein bisschen umsehen."

„Keine Bange", schrieb Westerngirl. „Wir sind nicht männerfeindlich. Nike hatte wohl einen schlechten Tag."

„Was war denn los, Nike?", fragte Blackrider. „Ärger mit deinem Freund?"

„Lassen wir das", schrieb Juliana. „Du wolltest dich doch vorstellen, Blackrider. Dann mal los!"

Viel mehr als die spärlichen Informationen, die in seinem Profil standen, verriet er allerdings nicht. Er erzählte lediglich, dass er aus Düsseldorf kam, in die neunte Klasse ging und Pferde cool fand.

„Wie lange reitest du denn schon?", fragte MischaX.

„Vier Jahre. Western. Am liebsten Freestyle."

„Auch Turniere?“, wollte Westerngirl wissen.

„Früher ja. Reining war meine beste Disziplin. Auch Trail, aber darin war ich nicht so gut. Heute fahre ich kaum noch auf Turniere. Ich geh lieber ins Gelände. Nur Freestyle-Vorführungen mach ich hin und wieder noch, das find ich super. Hat eine von euch Erfahrung mit Freestyle?“

Juliana hatte im Sommer an einem Freestyle-Workshop teilgenommen. April, Sues amerikanische Nichte, die ein paar Monate bei ihrer Tante in Deutschland gelebt hatte, hatte den Workshop organisiert.

Es hatte allen riesigen Spaß gemacht, sich aus verschiedenen Reining-Übungen ein Pattern zusammenzustellen, eine coole Musik und ein passendes Kostüm auszusuchen und das ganze Programm vor Publikum aufzuführen. Julianas Show war natürlich nicht annähernd so gut gewesen wie die Auftritte von Tori oder Myriam oder gar April, die schon jahrelang Erfahrung in Freestyle hatte. Trotzdem hatte sie das Gefühl gehabt, dass sie in der Workshopwoche mehr gelernt hatte als in all den Reitstunden, die sie in den letzten Jahren genommen hatte.

Inzwischen war April jedoch wieder in Amerika und auf der Sunshine Ranch war das Freestyle-Fieber erloschen. Sue hielt nicht viel von diesem *Zirkus*, wie sie die Auftritte verächtlich nannte. Ihrer Meinung nach wurden die schnellen Galoppwechsel und Drehungen auf der Vorder- und Hinterhand schnell zur Tierquälerei, wenn sie nicht ganz exakt ausgeführt wurden.

Genau wie Fabian unterrichtete Sue nur Trail, eine Disziplin, bei der es hauptsächlich um Geschicklichkeit ging. Die Reiter mussten aus dem Sattel heraus Tore öffnen oder ihr Pferd über Holzbrücken und durch Stangengassen bewegen.

„Freestyle find ich toll“, schrieb Juliana. „Aber auf meiner Ranch gibt's keinen Freestyle-Trainer. Wir machen auch kein Reining. Nur Trail.“

„Wie öde ist das denn?! Wo ist denn deine Ranch?“

„Düsseldorf“, schrieb Juliana.

„Echt? Da wohn ich doch auch. In Düsseldorf kenn ich einen super Reitlehrer für Freestyle! Wenn du willst, kann ich ihn mal fragen, ob er noch Schüler nimmt.“

„Lieb von dir. Aber ich bleib auf meiner Ranch“, erklärte Juliana. „Da steht schließlich auch mein Pferd.“

„Hast du ein eigenes Pferd, Blackrider?“, fragte Nasha.

„Einen Appaloosa. County. Ich hab ihn als Fohlen bekommen und reite ihn seit zwei Jahren. Mein absolutes Traumpferd. Intelligent, schnell und so schön!“

„Neid!“, schrieb Nasha. „Ich hätte auch gern ein eigenes Pferd. In unserem Reitstall gibt's nicht mal feste Zuteilungen, du musst immer das Pferd nehmen, das gerade frei ist. So kann man sich überhaupt nicht aneinander gewöhnen.“

„Du Arme", schrieb Juliana. Da hatte sie es viel besser. Sie hatte Nike ganz für sich allein. Auch wenn Sue heute schon wieder erwähnt hatte, dass die Stute zu klein für sie war. „Lange können wir das nicht mehr machen", hatte sie gesagt. „Das ist nicht nur für dich als Reiter blöd, auch für das Pferd ist es nicht gut, wenn das Verhältnis nicht stimmt."

„Unser Verhältnis ist super!", hatte Juliana erwidert und war aus dem Stall marschiert, ohne Sue noch eines Blickes zu würdigen.

Wenn sie nur endlich nicht mehr wachsen würde. Aber ihr Körper wollte einfach nicht damit aufhören. Heute Morgen hatte sie mit Entsetzen festgestellt, dass der Saum ihrer neuen Jeans schon wieder in Knöchelhöhe schwebte.

„Tut mir auch leid für dich, Nasha", schrieb Blackrider. „Die Beziehung zwischen Pferd und Reiter ist so wichtig! Ich würde durchdrehen, wenn man mir County wegnehmen würde."

„Sag mal, weißt du eigentlich, wie spät es ist?" Die Stimme ihrer Mutter ließ Juliana zusammenfahren. „Morgen ist Schule! Du müsstest längst schlafen."

23.35 Uhr. Ach du Schreck, Juliana hatte nicht gemerkt, wie die Zeit vergangen war.

„Mach sofort den Computer aus. Zähneputzen und ab ins Bett!"

„Ich muss aufhören", tippte Juliana in großer Hektik, während ihre Mutter ihr ungeduldig über die Schulter linste. „Ciao!“

„Schlaf gut, Nike“, las Juliana noch, bevor sich das Chatfenster schloss und der Bildschirm dunkel wurde.

Vor dem Schlafengehen trat sie ans Fenster, um den Rollladen herunterzulassen. Im Nachbargarten flackerte ein Windlicht. Es stand vor der rostigen Hollywoodschaukel, die man in der Dunkelheit allerdings nur schemenhaft erkennen konnte. Ob John da unten saß? Was er wohl machte? Zum Lesen war es viel zu dunkel. Vielleicht hörte er Musik und schaukelte dabei hin und her.

Neugierig spähte Juliana in die Finsternis. Dann wurde ihr bewusst, dass in ihrem Zimmer Licht brannte. Wer immer dort unten im Garten war, konnte sehen, wie sie da in ihrem dünnen Nachthemd am Fenster stand. Erschrocken ließ sie den Rollladen nach unten rattern.

Das war ein komischer Typ, dieser John. Was er wohl den ganzen Tag machte? Als sie die Pizza gegessen hatten, hatte er eine Ausbildung erwähnt, die er gerade angefangen hatte.

Dann wanderten ihre Gedanken zurück zu Fabian. Zu der traurigen Geschichte, die er ihr auf dem Nachhauseweg erzählt hatte. Armer Kerl, dachte Juliana.

Ich bin eben asozial. Ich weiß oft nicht, wie ich mich richtig verhalten soll, hörte sie ihn wieder sagen.

So ein Quatsch, dachte Juliana. Wenn hier eine asozial ist, dann ich. Ich hätte nicht so fies zu ihm sein dürfen.

Draußen vor dem Fenster maunzte eine Katze. Juliana fragte sich, ob John immer noch auf der Hollywoodschaukel saß.

Dann gähnte sie und schlief ein.

Pack

Fabian hielt, was er Juliana versprochen hatte. Er ging ihr wirklich aus dem Weg. Mit den anderen Mädchen diskutierte, scherzte und lachte er, aber sobald Juliana auftauchte, verstummte er und verzog sich. Das fiel nicht nur Juliana selbst auf, sondern auch den anderen Pferdemädchen.

„Ist zwischen euch irgendwas passiert, was ich nicht mitbekommen habe?", fragte Ayla. „Hast du ihm eine runtergehauen oder was?"

„Nichts. Keine Ahnung, was er plötzlich hat", log Juliana. Sie hätte ihrer Freundin zu gern von ihrer Unterhaltung mit Fabian erzählt. Dass er die letzten Jahre in Kanada verbracht hatte. Und die Geschichte mit seinem brutalen Stiefvater. Aber sie hatte ihm ja versprochen, alles für sich zu behalten.

„Na, irgendwas wird ja wohl gewesen sein", meinte Ayla skeptisch. „Aber gut, wenn du es mir nicht sagen willst ... Wir reiten übrigens gleich aus. Kommst du mit?"

„Wer ist wir?"

„Na, wir eben. Myriam, Tom, Sina, Hannah, Hannes und Fabian."

„Fabian auch?"

Ayla legte den Kopf schräg und blickte Juliana misstrauisch an. „Fabian auch."

„Ausreiten. Warum nicht? Nike müsste mal wieder bewegt werden."

„Super. Dann komm, wir holen die Pferde."

Fabian beendete gerade seinen Reitunterricht, als sie die Pferde am Roundpen vorbeiführten. „Gut gemacht, Maya", erklärte er einer sommersprossigen Sechsjährigen, die vor Stolz übers ganze Gesicht strahlte. „Bis nächste Woche!"

„Kommst du gleich hoch zum Sattelplatz?", rief Myriam ihm zu. „Wir wollen nämlich los."

Fabians Blick wanderte von ihr zu Ayla und blieb schließlich an Juliana hängen. „Ich … äh … kann leider doch nicht mitkommen", stammelte er.

„Du kommst nicht mit?", fragte Ayla. „Warum denn das?"

Auch sie sah nun Juliana an, die spürte, wie ihr das Blut ins Gesicht schoss. Warum wurde sie denn rot, es gab doch überhaupt keinen Grund dafür!

„Ich muss nach Hause", sagte Fabian. „Hab meinem Vater versprochen, dass ich heute früher da bin."

„Hä?", fragte Sina. „Dein Vater ist doch immer bis

sechs in der Praxis. Der kriegt das doch gar nicht mit, ob du da bist oder nicht."

„Ich muss aber noch ... einkaufen." Fabian zuckte mit den Schultern.

„Was für eine Laus ist dem denn über die Leber gelaufen?", fragte Tom.

„Wahrscheinlich nerven ihn die Reitschüler", sagte Hannah. „Heute waren nur Anfänger dran, das ist ganz schön anstrengend."

„Das wird's sein", sagte Ayla, ohne Juliana dabei aus den Augen zu lassen.

Fabian ist ein einziges Rätsel, dachte Juliana, während die Pferde den schmalen Weg zum Wald emportrabten. Erst hängte er sich wie eine Klette an sie und jetzt wollte er gar nichts mehr mit ihr zu tun haben. Wie er ihr auf einmal aus dem Weg ging, als ob sie ihm etwas getan hätte. Das war ja nicht auszuhalten.

So konnte es nicht weitergehen. Sie musste noch einmal mit ihm reden und ihm klarmachen, wie unangenehm sein Verhalten für sie war.

Als sie den Waldweg erreichten, zügelte sie Nike. „Mist!", rief sie laut.

„Was ist denn los?", fragte Hannah.

„Ich hab einen Zahnarzttermin. Hab ich vollkommen vergessen. Ich muss sofort nach Hause."

„Hä?", fragte Ayla. „Das ist ja wohl ..."

Aber Juliana hatte Nike schon gewendet und galoppierte zurück zur Ranch. Fabians Fahrrad stand jedoch nicht mehr auf dem Hof, er hatte die Ranch bereits verlassen.

Juliana sattelte Nike ab und brach dann ebenfalls auf. Einen Moment lang überlegte sie, ob sie bei Fabian vorbeifahren sollte, um ihn zur Rede zu stellen. Sie kannte Dr. Knopflers Adresse. Aber vielleicht war Fabian auch in die Stadt gefahren oder sonst wohin. Ich rede morgen mit ihm, beschloss Juliana.

Und nun? Nach Hause, um diese Zeit? Es war ja gerade mal halb fünf. Aber auf der Ranch konnte sie auch nicht mehr bleiben. Wie hätte sie das den anderen erklären sollen, wenn sie von ihrem Ausritt zurückkamen? Seufzend stieg sie auf ihr Rad.

Der Abend war mild und schön. Die anderen galoppierten jetzt durch den Wald oder ließen die Pferde durch den Bach waten, nur Juliana war nicht dabei. Und Nike stand im Stall und langweilte sich.

Genervt trat Juliana in die Pedale. Dann sah sie die beiden Räder am Straßenrand. Toris knallrotes Hollandrad und ein gelbes Rennrad, dasselbe gelbe Rennrad, das Juliana vorhin auf der Ranch gesucht und nicht gefunden hatte. Fabians Fahrrad. Die Räder lagen übereinander vor dem Tor zum Friedhof.

Aber Tori und Fabian waren nirgends zu sehen.

Juliana bremste scharf und stieg ab. Weit konnten die

beiden nicht sein, die Räder waren ja schließlich nicht mal abgeschlossen.

Sie stellte ihr Rad ab, schlich zum Eingang des Friedhofs und spähte durch das Tor. Da! Wie ein altes Ehepaar saßen sie auf einer Bank neben dem kleinen Brunnen. Tori redete und Fabian hörte zu. Die beiden waren so in das Gespräch vertieft, dass sie Juliana gar nicht bemerkten.

Vermutlich hätten sie sie auch dann nicht zur Kenntnis genommen, wenn sie direkt an ihnen vorbeispaziert wäre.

Was Tori sagte, war nicht zu verstehen. Aber das war auch gar nicht nötig. Natürlich versuchte sie, Fabian zu umgarnen und einzuwickeln, nachdem sie gerade Jonas den Laufpass gegeben hatte.

„Du blöde Schlange", murmelte Juliana wütend, als sie wieder zu ihrem Rad ging.

Aber dann wunderte sie sich über sich selbst. Warum war sie denn auf einmal so sauer? Tori hatte ihr doch nichts weggenommen. Im Gegenteil, Juliana konnte froh sein, dass sie Fabian endlich los war.

Sie stieg in den Sattel und trat in die Pedale. Nichts wie weg hier.

Als sie vor ihrem Haus vom Fahrrad sprang, hupte ein Moped auf der anderen Straßenseite. Sie erkannte den Fahrer zunächst nicht, erst als er den Helm abnahm, sah sie, dass es John war.

„Alles klar bei dir?“, rief er zu ihr herüber.

„Alles super.“

„Du bist heute aber früh dran.“

Woher wusste John denn, wann Juliana für gewöhnlich nach Hause kam? Stand er etwa den ganzen Abend am Fenster und wartete auf sie?

„Ich bin heute nicht ausgeritten. Und du? Was machst du so?“

„Ich wollte gerade zum Markt, ein Eis essen. Hast du Lust mitzukommen?“

Eigentlich nicht, dachte Juliana. Sie hatte keinen Appetit auf Eis und ihr war auch nicht nach einer Plauderei mit John. Am liebsten hätte sie sich in ihr Zimmer verzogen, um in Ruhe über Tori und Fabian nachzudenken. Ob Fabian in Tori verknallt war? Immerhin hatte er ihretwegen auf den Ausritt verzichtet.

„Also, was ist?“, drängte John. „Komm schon, ich lad dich auch ein.“

„Hm.“ Nachdem John letztens seine Pizza mit ihr geteilt hatte, wäre sie mit dem Einladen an der Reihe gewesen. Aber ein gemeinsames Pizzaessen würde viel länger dauern als ein Besuch in der Eisdiele. Wenn sie John begleitete, konnte sie ihm ein Eis spendieren und die Sache kurz und schmerzlos hinter sich bringen.

„Also gut“, sagte Juliana. „Ich komm gern mit. Aber das mit dem Bezahlen kannst du vergessen. Das Eis geht auf mich.“

„Super. Ich nehm dich auf dem Moped mit", sagte er. „Warte, ich hol nur eben einen zweiten Helm, dann kann's losgehen."

Es war wirklich ungerecht. Die nettesten Typen sahen meist richtig mies aus. Und die gut aussehenden waren eingebildet und arrogant. Oder irgendwie komisch wie Fabian. Als sie ihr Eis saßen, stellte Juliana fest, dass John nicht nur nett, sondern richtig witzig war. Als er von seinem bescheuerten Chef erzählte, lag sie fast unter dem Tisch vor Lachen.

„Du solltest Comedian werden!", japste sie. „Du wärst bestimmt der Renner mit der Nummer."

„Nur dass es keine Nummer ist, sondern mein Alltag."

„Was ist das eigentlich für eine Ausbildung, die du da angefangen hast?"

„Ich werde Heizungsanlagentechniker. Aber frag mich jetzt bloß nicht, was ich da den ganzen Tag mache."

„Warum nicht? Darfst du darüber nicht reden?"

„Das ist so öde, dass du sofort einschlafen würdest. Erzähl mir lieber von eurer Ranch."

„Was willst du denn wissen?"

Alles wollte er wissen: Wie viele Pferde sie hatten und welche Rassen, ob Juliana Reitunterricht nahm und ob sie schon mal an einem Turnier teilgenommen hatte.

„Natürlich nicht. Dafür bin ich doch viel zu schlecht!“

„Na, du bist ja selbstbewusst.“

„Realistisch, würde ich das eher nennen. Wie lange bist du denn geritten?“

„Ewig. Aber Turniere waren auch nicht so mein Ding.“

„Was ist denn so dein Ding?“, fragte Juliana neugierig. Da grinste John und legte den Finger auf die Lippen.

Zu schade, dass er so hässlich war.

„Ach, schau mal, wer dort drüben steht“, sagte John plötzlich und deutete mit dem Kopf über den Marktplatz. „Ist das nicht dein Dad?“

Julianas Augen schossen in die Richtung, in die er blickte. Tatsächlich, da drüben stand ihr Vater zusammen mit ein paar anderen Anzugtypen. Er hatte sie noch nicht entdeckt, jedenfalls schaute er nicht zu ihr herüber.

Juliana schnappte sich die Speisekarte und hielt sie sich vors Gesicht.

„Was ist denn los?“, fragte John.

„Er muss mich nicht unbedingt sehen“, erklärte Juliana.

„Aha.“ Er klang gekränkt.

„Es hat nichts mit dir zu tun“, sagte sie hastig. „Wirklich nicht.“

„Nein, nein", meinte John. Dann winkte er dem Kellner. „Ich möchte zahlen."

Juliana zog ihren Geldbeutel aus der Tasche. „Lass mich das machen. Du hast schon die Pizza bezahlt."

„Hör auf mit dem Quatsch!", sagte John in einem so scharfen Ton, dass sie erschrocken zusammenfuhr.

„Sorry. Ich wollte mich nur revanchieren ..."

Jetzt lächelte er schon wieder. „Ich übernehm das. Immerhin verdien ich Geld und du gehst noch zur Schule. Kein Problem, Juliana. Wirklich nicht."

Sie nickte etwas zweifelnd.

„Du musst dich auch nicht mehr verstecken. Dein Vater ist weg."

Sie spähte über den Rand der Speisekarte über den Platz. John hatte Recht. Ihr Vater und die anderen Männer waren verschwunden. Ob er sie gesehen hatte? Und wenn schon, dachte Juliana. Ich hab doch nichts Verbotenes getan. Und im Übrigen kannte ihr Vater John wahrscheinlich gar nicht.

Die Zeichen standen auf Sturm, das erkannte Juliana sofort, als sie das Esszimmer betrat. Ihr Vater hatte schlechte Laune. Der finstere Gesichtsausdruck, die zusammengezogenen Brauen, die hängenden Mundwinkel waren eindeutige Zeichen – gleich würde hier am Tisch ein Gewitter losbrechen.

Sie bemerkten es alle, ihre Mutter, die schweigend

Bratkartoffeln mit Spiegelei verteilte, Johann, der den Blick auf den Tisch gerichtet hielt.

Jetzt bloß nichts falsch machen, nur nicht auffallen. Obwohl es letztendlich nichts nützen würde. Es gab nichts, was das Unwetter abwenden konnte, das sich über ihnen zusammenbraute.

„Mit wem hast du dich heute Nachmittag getroffen, Juliana?“, fragte Herr Melzer.

„Ich war auf der Ranch“, erwiderte Juliana, ohne ihn dabei anzusehen. „Und dann …“ Sie schob hastig eine Gabel Bratkartoffeln in den Mund. Die Kartoffeln waren viel zu heiß und verbrannten ihr die Zunge, aber egal, mit vollem Mund brauchte man nicht zu antworten.

„Und dann?“ Ihr Vater schob seinen Teller ein Stück von sich. Er hatte keinen Appetit. Auch das war ein schlechtes Zeichen.

Juliana kaute und kaute. Ihr war jetzt ein bisschen schlecht, am liebsten hätte sie das Essen wieder ausgespuckt. Ihr Vater starrte sie drohend an. Juliana schluckte.

„Dann war ich noch ein Eis essen. Mit John.“

„Dem jungen Schildock“, sagte ihr Vater. „Das darf doch wohl nicht war sein! Meine Tochter geht mit dem Schildock-Jungen Eis essen.“

„Warum denn nicht?“, fragte Juliana. „Ich find ihn ganz nett und die Schildocks sind unsere Nachbarn …“

„Die Schildocks sind ein Pack!“, brüllte Herr Melzer. „Ich will, dass du dich von diesem Kerl fernhältst, hörst du? Die sind kriminell. Kri-mi-nell, verstehst du das?“

Natürlich verstand sie das, er brüllte schließlich laut genug.

„Jürgen“, sagte Julianas Mutter ruhig, „hör auf.“

Normalerweise wurde Herr Melzer noch wütender, wenn man ihn zurechtwies. Aber heute nicht. Heute riss er sich zusammen. Er nickte zweimal kurz und schloss die Augen. Wahrscheinlich zählte er in Gedanken bis zehn.

„Diese Leute sind das Letzte“, sagte er dann betont ruhig und langsam. „Wirklich, Juliana. Das ist kein Umgang für dich.“

„Du kennst doch nur den alten Schildock“, sagte sie leise. „Woher willst du denn wissen, wie John ist?“

„Der Apfel fällt nicht weit vom Stamm. Bitte, Juliana, du musst mir glauben. Du darfst dich nicht auf diese Typen einlassen. Versprich mir, dass du dich in Zukunft von ihnen fernhältst.“

Sie zuckte mit den Schultern. „Meinetwegen“, sagte sie gleichgültig. Dieser John interessiert mich doch gar nicht, wollte sie noch hinzufügen, aber im selben Moment schlug ihr Vater mit der Faust so fest auf den Tisch, dass sein Teller einen halben Zentimeter in die Höhe sprang.

„Das ist mein Ernst, Juliana!“, donnerte er.

Seine Frau erhob sich. „Meiner auch, Jürgen“, sagte sie leise und drohend.

Herr Melzer riss seine Serviette vom Schoß, knüllte sie zusammen und warf sie auf den Tisch. „Lasst mich doch alle in Ruhe!“

Er stürmte aus dem Esszimmer und knallte die Tür hinter sich zu.

Kurz darauf knallte die Tür ein zweites Mal. Auch Juliana war hinausgerannt.

Im Chat

Juliana warf sich auf ihr Bett und vergrub das Gesicht in den Händen. Ihr Vater wurde immer schlimmer. Was für ein Aufstand, nur weil sie mit John in der Eisdiele gesessen hatte!

„Ich halt das nicht mehr aus“, murmelte Juliana. Einen Moment lang überlegte sie, ob sie sich aus dem Haus schleichen und zu Ayla rennen sollte. Die würde sie wieder aufbauen. *Vergiss es,* hörte sie sie sagen. Dein Vater beruhigt sich auch wieder.

Aber Juliana konnte nicht zu Ayla. Ihre Freundin würde sie zuerst trösten. Und dann ausquetschen. *Jetzt erzähl doch mal, was ist denn nun mit Fabian? Ich merk doch, dass da was nicht stimmt.*

Aber Juliana wollte nicht über Fabian sprechen. Fabian interessierte sie genauso wenig wie John. Kein Junge interessierte sie, warum wollten ihr das die anderen nur nicht glauben?

Sie schaltete den Computer an. Mal sehen, was in der Pferdewelt los war, vielleicht lenkte sie das ja ein bisschen ab.

Im Chat diskutierten ein paar Leute über ein Westernturnier in Sachsen-Anhalt. Angeblich hatten die Preisrichter sich nicht fair verhalten, jedenfalls fühlte sich Amy Quarterhorse ungerecht behandelt. „Alles Schiebung“, giftete sie.

Juliana seufzte.

Das war auch nicht besonders aufmunternd. Sie wollte sich gerade wieder ausloggen, als ein vertrauter Name aufblinkte.

„Hi, Blackrider“, tippte Juliana. „Schön, dich hier zu treffen.“

„Hi, Nike. Wie geht's?“

„Schlecht.“

„Echt? Was ist passiert?“

„Das gehört nicht hierher.“

Keine Antwort. Hatte sie Blackrider abgeschreckt?

Aber jetzt ging auf dem Bildschirm ein neues Chatfenster auf. „Willst du mir erzählen, warum du so mies drauf bist?“, fragte Blackrider.

„Ach, ist nicht so wichtig. Hab mich mit meinem Vater gezofft.“

„Echt? Worum ging's denn?“

„Hab die falschen Freunde.“

„Sagt er das oder du?“

„Er natürlich. Aber was soll's.“

„Väter. Meiner geht mir auch immer auf die Nerven. Was macht die Reiterei?“

„Auf der Ranch ist alles in Ordnung.“ Stimmt ja gar nicht, dachte Juliana. Nichts war in Ordnung, seit sich Fabian auf der Sunshine Ranch breitgemacht hatte. Sie fühlte sich schon schlecht, wenn sie nur daran dachte.

„Na ja“, tippte Juliana. „Wenn man mal von unserem neuen Reitlehrer absieht.“

„Was ist denn mit dem?“

„Das ist so ein junger Schnösel, der sich wichtig macht.“

„Die Typen kenn ich. Würg.“

„Genau. Aber warum reden wir eigentlich die ganze Zeit von mir? Wie geht's dir eigentlich?“

„Mir geht's super. War gerade fast zwei Stunden mit County unterwegs. Das vertreibt alle miese Stimmung. Bist du heute auch schon geritten?“

„Ich wollte eigentlich. Aber dann ist mir was dazwischen gekommen. Morgen kann ich auch nicht ins Gelände, da hab ich Reitunterricht.“

„Bei dem blöden Schnösel?“

„Nee, igitt! Unsere Ranchbesitzerin trainiert auch. Aber eben Trail. Das ist nicht so mein Ding.“

„Meins auch nicht. Schon mal Reining probiert?“

„Ich hab im Sommer ein Freestyle-Seminar gemacht. Da hab ich ein bisschen Reining gelernt. Aber ich kann's nicht besonders gut.“ Für gewöhnlich scheiterte sie schon an einem einfachen Galoppwechsel. Sie schaffte es zwar meistens irgendwie, Nike vom Außen- in den

Innengalopp zu bringen, aber mit einem harmonischen Übergang hatte das Ganze nichts zu tun. An Übungen wie den Roll Back oder den Spin, bei dem die Pferde aus dem Galopp heraus eine Drehung auf der Hinterhand vollführen mussten, wagte sie sich gar nicht erst heran. Obwohl Nike recht zierlich war, bewegte sie sich ziemlich schwerfällig. Und mit der großen Juliana auf ihrem Rücken wirkte die Haflingerstute noch behäbiger.

„Alles eine Frage der Übung! Vielleicht brauchst du nur den richtigen Lehrer."

„Vielleicht fehlt mir auch das Talent. Ich krieg ja nicht mal ein ordentliches Back-up hin."

„Ist ja auch gar nicht so einfach! Aber ich kenn einen super Trick, damit klappt es bei jedem Pferd."

„Ach ja? Erzähl mal, wie geht der?"

„Kann man nicht beschreiben. Muss man sehen. Vielleicht treffen wir uns irgendwann mal. Wir wohnen ja gar nicht so weit voneinander entfernt."

„Apropos sehen: Wie siehst du eigentlich aus?", erkundigte sich Juliana.

„Geht so. Und du?"

„Dito."

„Na, dann passen wir ja perfekt zusammen."

„Wieso nennst du dich denn Blackrider?", bohrte Juliana weiter. „Bist du schwarz?"

„Nur meine Seele", erwiderte Blackrider. „Haha, Quatsch. County ist schwarz, wenn man mal von den weißen Sprenkeln auf seiner Hinterhand absieht. Und mein Reitoutfit auch."

Juliana überlegte einen Moment, ob sie nach einem Foto von ihm fragen sollte. Aber dann hätte er bestimmt auch ein Bild von ihr verlangt und sie wollte ihm keines schicken.

Sie chatteten, bis Juliana Schritte auf der Treppe hörte. Ein schneller Blick auf die Uhr. Ach du Schreck, es war bereits nach elf. Wenn ihre Mutter sie heute wieder so spät im Internet erwischte, würde sie ihr am Ende noch den Internetzugang sperren. Mit großen Schritten hastete Juliana zur Tür und knipste das Licht aus. Dann hechtete sie zum Bett und zog die Decke über sich.

Frau Melzer machte die Tür auf, spähte ins Zimmer und zog sie dann behutsam wieder zu.

Juliana hielt noch eine Weile lang den Atem an. Puh, zum Glück war ihrer Mutter nicht aufgefallen, dass der Computer noch an war.

Sie wartete noch einen Moment, dann schlich sie zurück zum Schreibtisch. Aber das Chatfenster hatte sich geschlossen. Blackrider war wohl ebenfalls schlafen gegangen.

Der Schulflur im zweiten Stock zog sich wie Kaugummi. Juliana rannte an den Türen der Klassenzimmer vorbei bis zum Biosaal. Wenn ihr Rucksack mit den Büchern und Heften nur nicht so verdammt schwer gewesen wäre. Und ihr blöder Sportbeutel schlug bei jedem zweiten Schritt gegen ihre Beine und brachte sie fast zum Stolpern.

Warum hetze ich mich eigentlich so ab?, fragte sie sich, während sie vor Anstrengung zu keuchen begann. Sie würde auf jeden Fall zu spät kommen. Und das ausgerechnet in Bio, wo Frau Ebersbach sie doch ohnehin schon auf dem Kieker hatte.

Juliana hatte verschlafen. Obwohl ihre Mutter sie pünktlich um sieben Uhr geweckt hatte. „Du musst heute leider allein frühstücken", hatte sie gesagt. „Ich muss mit Johann zum Arzt. Frühstück steht auf dem Tisch."

Da stand es immer noch. Juliana hatte sich nur noch einmal umgedreht, ganz kurz, aber als sie die Augen wieder aufmachte, war es zehn vor acht. Sie hatte sich in rasender Eile angezogen und war aus dem Haus gerannt, ohne Frühstück, ohne sich die Zähne zu putzen, aber die ganze Hektik war natürlich für die Katz. Sie war zu spät.

Vor dem Biosaal blieb sie stehen, atmete ein paarmal tief durch, dann griff sie nach der Türklinke. Sie drückte sie nach unten und zog. Die Tür bewegte sich keinen Millimeter.

Juliana rüttelte an der Klinke. Abgeschlossen. Wahrscheinlich saß die Klasse unten in einem der Videoräume und sah einen der langweiligen Filme über das Liebesleben der Ameisen oder die Flugrouten der Zugvögel, die Frau Ebersbach immer anschleppte. Oder die Lehrerin führte die Klasse durch den Schulgarten, um Käfer und Spinnen in der Natur zu beobachten. *Exkursion* nannte sie das.

„Verdammt." Am liebsten hätte Juliana gegen die Tür getreten.

„Juliana?", fragte eine Jungenstimme hinter ihr. „Was machst du denn hier?"

Sie fuhr herum. Fabian. Ausgerechnet.

„Und du?", fragte Juliana zurück. Jetzt schwitzte sie noch stärker als vorhin. Warum musste Fabian sie auch so anglotzen? Sie wusste selbst, dass sie schrecklich aussah. Ihre Haare waren ungekämmt und wirr, ihre Augen rot verquollen, und zu allem Überfluss roch sie wahrscheinlich auch noch aus dem Mund.

„Nichts. Ich meine, noch nichts. Wir haben heute erst zur zweiten Stunde Unterricht. Aber mein Vater hat mich auf dem Weg zur Praxis vor der Schule abgesetzt, deshalb bin ich schon so früh da."

„Echt? Und ich hab verschlafen. Wir haben eigentlich gerade Bio bei der Ebersbach, aber hier ist ja keiner. So ein Mist!"

„Vielleicht ist die Ebersbach ja krank."

„Die ist niemals krank. Sie ist seit achtzehn Jahren im Schuldienst und hat noch keinen einzigen Tag gefehlt.

Weil sie nämlich jeden Morgen mit Salzwasser gurgelt. Erzählt sie uns jede Stunde mindestens einmal. Shit! Die macht immer einen Superaufstand, wenn man zu spät kommt. Hast du sie schon mal gehabt?“

„Nee. Bin doch erst seit Anfang des Schuljahrs hier.“

„Hoffentlich bleibt sie dir erspart. Ich renn mal runter zu den Videoräumen, vielleicht sind sie ja dort.“

„Warte doch mal!“, hielt Fabian sie auf. „Zurzeit sind die Fünfer auf Klassenfahrt, vielleicht ist sie da mitgefahren?“

Juliana schlug sich mit der Hand gegen die Stirn. „Stimmt! Ich Idiotin! Sie hat letzte Woche doch extra noch gesagt, dass Bio heute ausfällt, weil sie mit den Kleinen an der Ostsee ist. Na, super. Und ich hetz mich ab wie eine Irre.“

„Ist mir auch schon passiert“, sagte Fabian. „Zumindest kriegst du jetzt keinen Ärger.“

Juliana warf einen Blick auf ihre Armbanduhr. Zehn nach acht. Bis zur Zweiten war es noch über eine halbe Stunde. Vielleicht ist es ein Wink des Schicksals, dass wir uns hier getroffen haben, dachte Juliana plötzlich. Sie hatte ja gestern schon vorgehabt, mit Fabian zu reden. Und wenn Tori ihr nicht in die Quere gekommen wäre, hätte sie es auch getan.

„Ich muss dringend was frühstücken. Kommst du mit in die Kantine? Ich geb dir auch einen Kakao aus.“

Seine Augen leuchteten auf. Oder täuschte sie sich?

Das Licht im Flur war ziemlich schlecht. Aber er schüttelte den Kopf.

„Nee, äh, das geht leider nicht."

„Nein? Warum denn nicht?"

„Weil ... äh ..." Wurde er rot oder war das wieder eine optische Täuschung? „Ich muss noch Hausaufgaben machen. Für Physik. Das haben wir gleich."

„Ach so", meinte Juliana. „Das ist natürlich wichtiger."

Fabian öffnete den Mund, um noch etwas zu erwidern, aber bevor er dazu kam, hatte sie sich schon auf dem Absatz umgedreht. Das mit den Physikhausaufgaben war gelogen, da war sie sich ganz sicher. Bestimmt wollte Fabian sich vor dem Unterricht noch mit Tori treffen. Bitte, nur zu!, dachte Juliana wütend. Wirst schon sehen, was du davon hast.

Ohnmächtig

Zum ersten Mal in ihrem Leben hatte Juliana keine rechte Lust, zur Sunshine Ranch zu fahren. Und daran war allein Fabian schuld. Fabian, der Juliana zuerst auf die Nerven gegangen war, nur um sie jetzt links liegen zu lassen und dafür Tori zu umschwärmen.

Aber wenn du denkst, dass du mir damit die Ranch und das Reiten vermiesen kannst, dann hast du dich geschnitten!, dachte Juliana finster. „Ich lass mich nicht vertreiben“, murmelte sie, als sie auf den Hof radelte. Toris rotes Hollandrad stand wieder neben Fabians Rennrad.

Mit großen, entschlossenen Schritten marschierte Juliana in den Stall.

„Super Wetter, was?“, rief sie Ayla zu, die gerade Saphirs Box ausmistete. „Ich freu mich schon auf den Ausritt. Kommst du mit?“

„Ach, und dann fällt dir mitten im Wald wieder ein, dass du eigentlich zum Zahnarzt musst“, gab Ayla spöttisch zurück. „Nee, danke. Außerdem hab ich gleich Reitstunde.“

„Bei Fabian", säuselte Juliana. „Das geht natürlich vor. Na dann, viel Spaß."

Auf dem Hof traf sie Sina und Viktor, aber auch die hatten keine Zeit. „Myriam und Tom können auch nicht", fügte Sina noch hinzu. „Sie übernehmen heute das Kinderreiten. Und Hannes ist gar nicht da. Vielleicht haben Hannah oder Tori ja Lust auf einen Ausritt."

Aber Hannah hatte Sue versprochen, die Sattelkammer aufzuräumen. Und Tori fragte Juliana erst gar nicht.

„Willst du etwa allein ins Gelände?", fragte Ayla, als sie aus dem Stall kam und Juliana mit Nike am Sattelplatz sah.

„Bleibt mir ja wohl nichts anderes übrig", gab Juliana schnippisch zurück. „Nike muss bewegt werden und keiner von euch will mich begleiten."

„Das wird Sue aber gar nicht gefallen. Wir sollen immer nur zu zweit ausreiten, das weißt du doch."

„Sue ist nicht da. Und Nike und ich sind ein Superteam! Was soll denn da passieren?"

Ayla zuckte mit den Schultern und ging weiter. Wahrscheinlich war sie in Gedanken schon bei ihrer Reitstunde mit Fabian. Tolle Freundin, dachte Juliana.

Im Wald flirrte die Sonne durch die Buchenblätter, Vögel sangen, Schmetterlinge flatterten zwischen den Stämmen auf und ab. Alles war perfekt, aber es nützte nichts. Julianas Laune war am Boden, ganz weit unten.

Ihre miese Stimmung übertrug sich auf Nike, die mit hängendem Kopf über den Waldweg schlich. Obwohl Juliana sie immer wieder antrieb, wurde die Haflingerstute mit jedem Schritt langsamer, bis sie an einer Weggabelung einfach stehen blieb.

„Was ist denn los?“, fragte Juliana empört. „Auf geht’s, weiter mit dir. Wir haben noch einen langen Weg vor uns.“

Nike senkte den Kopf und riss einen Büschel Klee vom Wegrand ab. Während sie die Blätter zermalmte, schüttelte sie den Kopf und schnaubte.

„He, jetzt wird noch keine Pause gemacht!“ Juliana schlug sanft auf Nikes Hinterhand. „Keine Müdigkeit vortäuschen.“

Die Stute zupfte ein weiteres Grasbüschel vom Wegrand und kaute genüsslich. Als Juliana an den Zügeln zog, drehte sie den Kopf und sah sie mit ihren großen glänzenden Augen an.

„Los jetzt“, sagte Juliana. Sie presste ihre Unterschenkel an Nikes Körper und schnalzte mit der Zunge. Mit der Zunge zu schnalzen war auf der Ranch eigentlich verboten. „Westernreiter geben keine Lautsignale“, sagte Sue immer.

Nike schüttelte unwillig ihre Mähne. Dann fraß sie einfach weiter, als ob sie auf der Weide wäre.

„Jetzt reicht's aber, Madame!" Juliana wurde langsam wirklich ungeduldig. „Schluss mit den Zicken. Auf geht's!"

Sie zog noch heftiger an den Zügeln und zwang Nike dadurch, den Kopf zu heben. Dabei trat sie der Stute erst sanft und dann heftiger mit den Hacken in die Flanken. Auch das war beim Westernreiten verboten. „Wir treten unsere Pferde nicht. Wir lenken sie mit unserem ganzen Körper", erklärte Sue ihren Reitschülern schon in der ersten Reitstunde.

Die Methode war alles andere als elegant, aber wenigstens zeigte sie Wirkung. Nike schnaubte empört und setzte sich in Bewegung. Widerwillig fiel sie in einen Trab, dann in einen schwerfälligen Galopp.

„Tempo!", schrie Juliana. Wie wütend sie auf einmal war. Gut, dass Sue sie nicht sehen konnte. Oder Fabian. Fabian, der Tierfreund, Fabian, der Pferdeflüsterer. Wahrscheinlich wäre er vor Schreck ohnmächtig geworden, wenn er mitbekommen hätte, wie Juliana Nike antrieb, wie sie sie anbrüllte und trat und mit der flachen Hand auf ihre Hinterhand schlug.

Vielleicht wäre er ja ausgerastet und hätte Juliana ebenfalls eine runtergehauen, wie damals in Kanada seinem Stiefvater, nachdem dieser ein Pferd gequält hatte.

Die Vorstellung machte Juliana nur noch wütender. Wärst du nur in Kanada geblieben, dachte sie. Warum musstest du ausgerechnet auf die Sunshine Ranch kommen und hier alles durcheinanderbringen?

In wenigen Wochen hatte Fabian die ganze Ranch um den Finger gewickelt. Sue, die anderen Pferdemädchen, die Reitschüler, alle himmelten ihn förmlich an. Sogar Heinrich und Washington hatten gestern hingebungsvoll Fabians Füße geleckt. Na gut, vorher hatte Fabian versehentlich Eis auf seine Schuhe fallen lassen.

Und natürlich Tori. Tori fand Fabian ganz besonders toll. Fabian sah natürlich nur ihr hübsches Gesicht und ihre blonden Haare und merkte gar nicht, was für eine Zicke sie war.

Nike spürte, dass Juliana abgelenkt war und fiel aus dem Galopp zurück in Trab.

„Was soll denn das?“, zischte Juliana. Sie ließ die Zügel locker und schlug sie energisch gegen den Hals der Haflingerstute.

Nike wieherte erschrocken. So grob hatte Juliana sie noch nie behandelt. Nun legte sie wirklich los, die Hufe hämmerten auf dem Waldweg, in wenigen Minuten war ihr Körper schweißbedeckt.

„Na bitte, geht doch!“, schrie Juliana.

Sie lenkte Nike in einen Seitenweg, der ins Tal hinunter führte. Die Stute schoss um eine Biegung, als wäre ein Rudel Wölfe hinter ihr her. In einiger Entfernung sah Juliana einen Haufen Äste und Zweige, die kreuz und quer über dem Weg lagen. Da war vor Kurzem ein Baum gefällt worden.

„Ho!", rief Juliana. „Langsam, Nike." Sie zog die Zügel an, aber die Stute beachtete das Signal nicht. Sie stürmte nur noch blindlings, atemlos, panisch weiter. Juliana nahm die Zügel noch kürzer, ihre Hände lagen jetzt fast neben Nikes Ohren. Vergeblich. Nike stürmte über den Waldpfad wie über eine Rennbahn.

„Brrr!" Juliana legte sich mit ihrem ganzen Körpergewicht in die Zügel. Nike beschleunigte weiter.

„Halt an!", kreischte Juliana. Der schrille Schrei gab Nike den Rest. Sie flog förmlich auf das Hindernis zu.

Erst ein paar Meter vor den Ästen fiel ihr die Barriere auf. Sie wieherte erschrocken, brach nach links aus und raste zwischen zwei Baumstämmen hindurch in eine Schonung. Juliana duckte sich und wich im letzten Moment einem tief hängenden Fichtenzweig aus. Sekunden später knallte ihr ein anderer Ast frontal vor die Brust und fegte sie aus dem Sattel.

Als sie fiel, hörte sie das Hämmern der Hufe wie einen Pulsschlag in ihrem Kopf.

Dann wurde alles dunkel.

Über ihr gurrte eine Waldtaube, als sie wieder zu sich kam. Ihr Kopf dröhnte, ihre Glieder schmerzten und ihr linkes Bein brannte, aber sie konnte problemlos aufstehen. Nichts war gebrochen, Gott sei Dank.

Langsam stolperte sie zurück auf den Weg und blickte sich um. Nike war nirgends zu sehen oder zu hören. Du liebe Zeit, hoffentlich war ihr nichts passiert.

„Nike!“ Juliana pfiff durch die Zähne, als wäre die Stute ein Hund. Keine Reaktion.

Sie warf einen Blick auf ihre Armbanduhr. Halb fünf. Sie war nur ganz kurz ohnmächtig gewesen, aber es kam ihr vor wie Stunden.

Juliana verschränkte die Arme vor der Brust und fröstelte. Wie kalt es auf einmal im Wald war. Und zu Fuß war der Weg zur Ranch entsetzlich lang. Sie musste schnell gehen, um warm zu werden. Wenn ihre Beine nur nicht so steif gewesen wären.

Kraftlos schleppte Juliana sich voran. Es war ein Gefühl, als ob sie durch einen tiefen Sumpf watete, als ob sich ihre Füße bei jedem Schritt am Boden festsaugten und nur mit Mühe wieder lösten. Der Weg schien immer länger zu werden. Vor ein paar Minuten war sie hier entlanggaloppiert und hatte auf die arme Nike eingedroschen wie eine Wahnsinnige. Und jetzt war Nike weg. Vielleicht rannte sie immer noch durch den Wald, voller Panik. Vielleicht war sie gestürzt und hatte sich ein Bein gebrochen.

Nur nicht dran denken.

Einfach weitergehen. Ob sie überhaupt noch auf dem richtigen Weg war? Irgendwann war sie von dem Reitpfad abgebogen, den sie sonst immer nahmen. War es die Abzweigung da vorn gewesen oder hatte sie sie schon lange verpasst?

Juliana blieb stehen. Das ist total sinnlos, dachte sie. Ich gehe keinen Schritt mehr. Sie würde einfach hier bleiben, so lange, bis sie irgendjemand fand oder bis sie verhungert oder verdurstet oder erfroren war.

Doch dann hörte sie Hundegebell. Ein tiefes, dunkles und sehr vertrautes Bellen. Heinrich, das war Heinrich!

„Hierher!“, rief Juliana. „Ich bin hier!“ Ihre Stimme klang dünn und kraftlos, aber laut genug.

Ein paar Sekunden später brach der zottelige Hund durchs Unterholz und preschte wild wedelnd auf Juliana zu. Er begrüßte sie so stürmisch, dass er sie fast umwarf. „Aus, Heinrich!“, keuchte sie atemlos. In ihrem Kopf summte es wie in einem Wespennest.

„Aus!“, schrie auch Stefan, der jetzt auf Maxim herangaloppierte. Neben ihm ritt Sue auf Dakota und hinter den beiden tauchte Fabian auf Harlekin auf.

Jetzt hatte Sue Juliana erreicht und sprang aus dem Sattel. *„Are you okay, Juliana? O my god, I was so worried about you!“*

„Mir geht's gut. Aber Nike ist weg!“

„Nike ist auf der Sunshine Ranch“, erklärte Stefan, der inzwischen ebenfalls abgestiegen war. „Sie kam vorhin lahmend und blutend bei uns an. Wir sind sofort aufgebrochen, um dich zu suchen.“

„Oh Gott! Wie geht es ihr? Ist sie schwer verletzt?"

„Oberflächliche Wunden, nichts Schlimmes", beruhigte sie Stefan. „Aber Dr. Knopfler schaut trotzdem nach ihr."

„Was für ein Glück, dass Heinrich dich so schnell gefunden hat", erklärte Sue.

Als er seinen Namen hörte, sprang Heinrich begeistert an Juliana hoch und versuchte, ihr übers Gesicht zu lecken.

„Aus!" Sue riss ihren Hund zurück. „Pfui, Heinrich!"

Beleidigt wandte Heinrich sich ab. Da hatte er sich solche Mühe gegeben, Juliana zu finden – und zum Dank wurde er auch noch zurechtgewiesen.

„Warum bist du bloß allein ausgeritten?", fragte Stefan Juliana. „Du weißt doch, dass ihr nicht allein ins Gelände sollt."

„Nike brauchte dringend Bewegung. Und ich hab keinen gefunden, der mich begleitet. Die anderen hatten alle keine Lust."

„Das stimmt nicht", widersprach Fabian. „Mich hast du gar nicht gefragt. Ich war fast fertig mit dem Reitunterricht. Danach wäre ich gern mitgekommen."

„Und ich auch", fügte eine Mädchenstimme hinzu. „Fabian und ich wollten sowieso noch ausreiten."

Jetzt erst bemerkte Juliana, dass Tori neben Fabian aufgetaucht war.

Auf der Ranch packte Sue Julianas Fahrrad in den Pferdetransporter und fuhr sie nach Hause.

„Hoffentlich ist mit Nike wirklich alles okay“, murmelte Juliana, als der Wagen vor ihrem Haus hielt. Die Stute hatte sie kaum angesehen, als sie vorhin in den Stall gekommen war. Mit hängendem Kopf hatte sie in ihrer Box gestanden, die halb geschlossenen Augen starr zu Boden gerichtet. Du bist schuld, sagte ihr Blick. Lass mich in Ruhe.

„Natürlich“, sagte Sue. *„She's fine, don't worry*. Sie ist nur müde. Aber wo wir gerade darüber sprechen – ich wollte dir schon seit einiger Zeit etwas sagen.“

„Was?“ Julianas Kopf schoss herum.

Fabian hat sich über mich beschwert, dachte sie erschrocken. Er hat Sue erzählt, dass ich so zickig war, obwohl ich ihr doch versprochen hatte, mich um ihn zu kümmern. Vielleicht hat er Sue sogar vor die Alternative gestellt – entweder sie oder ich. Und Sue hat sich natürlich für Fabian …

„Es geht um Nike“, unterbrach Sue Julianas Gedankenfluss.

„Um Nike? Ich dachte, es geht ihr gut?“

„Ich habe beschlossen …“, Sue wandte ihr Gesicht ab. Als sie weitersprach, sah sie Juliana nicht an, sondern starrte durch die Windschutzscheibe in den Nieselregen, der vor ein paar Minuten eingesetzt hatte. „Ich werde sie weggeben.“

„Du wirst ... WAS? Aber das geht doch nicht. Das ist unmöglich!"

„Fritz Bankau vom Gestüt Lindenhof möchte Nike gern übernehmen. Er sucht eine zierliche Haflingerstute für seine Zucht, und Nike ist genau im richtigen Alter, um gedeckt zu werden. Ich kenne Fritz und den Lindenhof schon lange, ich weiß, dass Nike es dort gut haben wird."

„Aber warum willst du mir Nike wegnehmen? Nur um mich zu bestrafen, weil ich allein ausgeritten bin? Ich tu das nie wieder, ich schwör's!"

„*Nonsense*, Juliana. Darum geht es doch gar nicht. Es ist ein Deal. Fritz übernimmt Nike. Und ich bekomme dafür ein Islandpony von ihm, das ich für die Anfänger brauche, und außerdem Shanty, einen Pinto-Wallach. Shanty wird dir gefallen, *he's a dream*. Und er hat genau die richtige Größe für dich. Ein Stockmaß von hundertsechzig, das ist ideal."

Jetzt wandte sie sich Juliana wieder zu und sah sie mit ernstem Blick an. „Ich weiß, wie sehr du an Nike hängst. Aber es geht nicht anders, ich hab zu viele ähnliche Haflinger im Stall stehen. Nike, Maxim und Becky sind alle ungefähr gleich groß. Und Frida wird auch Beckys Stockmaß erreichen, wenn sie ausgewachsen ist. Ich brauche dringend noch ein kleineres Tier für die Anfänger und ein großes Pferd – für dich. Ich hätte Nike bestimmt nicht an einen wildfremden Züchter abgegeben, aber Fritz kann ich vertrauen. Der Deal ist perfekt."

„Nichts ist perfekt", beharrte Juliana. „Ich will Nike und niemanden sonst."

„Du hast doch heute gesehen, wohin das führt. Nike und du, ihr harmoniert nicht mehr. *You just don't match.*"

Das saß. Und das Schlimmste war, dass Juliana nicht einmal widersprechen konnte. Obwohl sie genau wusste, dass es nicht an ihrer Größe lag, dass Nike sie heute abgeworfen hatte. Nike war nur durchgedreht, weil Juliana so gemein und grob zu ihr gewesen war.

Du hast so ein tolles Pferd wie Nike einfach nicht verdient, hörte sie Fabian sagen.

„Bitte, Sue", flüsterte Juliana. „Gib uns eine Chance. Du kannst Nike doch auch auf Sunshine decken lassen ..."

„Und dann? Hab ich noch einen Haflinger mit ihrem Stockmaß. Nein, Juliana. Die Entscheidung ist gefallen. Ich nehme wirklich eine Menge Rücksicht auf euch, aber in diesem Fall muss ich einfach an die Ranch denken. *I'm so sorry.*"

Juliana tastete nach dem Türgriff. Ihre Augen standen auf einmal voller Tränen.

„*Come on, Juliana.* Der Lindenhof ist ganz in der Nähe. Du kannst Nike immer besuchen. *And you're going to love Shanty.*"

„Das werde ich bestimmt nicht!“, schrie Juliana. „Ich werde ihn hassen. Genau wie den Rest der blöden Sunshine Ranch. Ihr könnt mich alle mal!“ Nun hatte sie den Türgriff endlich gefunden. Sie riss die Tür auf und stürzte nach draußen.

„Juliana! Please …“ Das Knallen der Autotür schnitt Sues Satz ab.

Juliana rannte ins Haus.

Der Plan

Wenigstens machte ihr Vater heute keine Szene, weil Juliana das Abendessen verpasst hatte. Einen schlimmen Unfall mit nachfolgender Ohnmacht akzeptierte selbst er als Entschuldigung. Allerdings bestand er darauf, Juliana ins Krankenhaus zu bringen.

„Vielleicht hast du ja eine Gehirnerschütterung oder ein angeknackstes Handgelenk oder etwas ähnlich Schlimmes."

„Sieht alles gut aus", beruhigte ihn der Arzt in der Notaufnahme, nachdem er Juliana untersucht und geröntgt hatte. „Juliana hat noch mal Glück gehabt."

Trotzdem wollte er sie zur Beobachtung über Nacht dabehalten. Erst als Julianas Eltern ihm versicherten, dass sie Juliana beim kleinsten Anzeichen von Übelkeit oder plötzlichen Kopfschmerzen wieder herbringen würden, ließ er sie nach Hause gehen.

„Morgen gehst du auf keinen Fall zur Schule", erklärte Frau Melzer, als sie die Haustür aufschloss.

„Und zur Ranch auch nicht", fügte Herr Melzer hinzu. „Schlaf dich richtig aus."

Aber das war leichter gesagt als getan.

Juliana kam einfach nicht zur Ruhe. Sie drehte sich von der linken Seite auf den Bauch und vom Bauch auf den Rücken. Und ihre Gedanken drehten sich ebenfalls – um Fabian und Tori, Nike und Sue, um ihre besorgten Eltern; sie alle flogen in ihrem Kopf herum und ließen sie keinen Schlaf finden. Sie zählte Schafe, sie rezitierte Gedichte, sie fragte sich selbst Lateinvokabeln ab – vergeblich. Gefühlte Stunden später setzte Juliana sich genervt auf und schaltete das Licht an. Sie tastete nach dem Buch auf ihrem Nachttisch, aber dann fiel ihr Blick auf den Computer. Ob sie noch mal kurz ins Forum gehen sollte? Vielleicht war Blackrider ja online. Es war elf Uhr, in den vergangenen Nächten war er immer um diese Zeit im Chat gewesen.

Mit einem leisen Pling fuhr der Computer hoch. Juliana hielt einen Moment lang den Atem an. Ihre Mutter hatte Ohren wie ein Luchs, hoffentlich hatte sie das Geräusch nicht gehört. Aber im Haus blieb alles still. Sie rief die Forum-Website auf und loggte sich ein. Bingo! Blackrider war da.

„Hab schon auf dich gewartet“, schrieb er. „Wo warst du denn die ganze Zeit?“

„Im Bett. Hab versucht einzuschlafen.“

„So früh?“

„Ich hatte einen absoluten Frusttag“, schrieb Juliana.

„Was ist denn passiert?“

„Ich will nicht drüber reden.“

„Wir reden ja auch gar nicht.“

„Schreiben will ich auch nicht.“

„Na, komm. Wenn du es mir erzählt hast, geht es dir garantiert besser. Was war los?“

Juliana seufzte. Vielleicht hatte Blackrider Recht. Vielleicht war es wirklich besser, ihren ganzen Ärger rauszulassen, anstatt zu versuchen, ihn hinunterzuschlucken.

„Ich hab heute Abend erfahren, dass man mir mein Pferd wegnehmen will.“

„Was? Wer will das?“

„Die Ranchbesitzerin. Also eigentlich ist es ja ihr Pferd. Ich pflege und reite Nike ja nur.“

„Warum?“

„Sie will sie weggeben, weil sie dafür zwei andere Pferde kriegen kann, die sie besser brauchen kann als meins.“

„Das ist ja der Hammer.“

„Kannst du laut sagen.“

„Und jetzt? Was machst du jetzt?“

„Nichts. Was soll ich schon machen? Ich hab kein Geld, ich kann Nike nicht kaufen.“

„Dann musst du mit der Besitzerin reden. Du musst ihr klarmachen, wie wichtig dir Nike ist.“

„Hab ich doch schon. Aber sie ist der Meinung, dass

Nike sowieso zu klein für mich ist. Sie hat nur ein Stockmaß von 140 Zentimetern."

„Wie groß bist du?", fragte Blackrider.

Juliana zögerte. Was, wenn Blackrider viel kleiner war als sie und total abgeturnt, wenn sie ihm nun ihre wahre Größe verriet?

„169", schrieb sie schließlich. Das stimmte nicht ganz, fünf Zentimeter hatte sie unterschlagen. Aber darauf kam es nun ja wohl nicht an.

„Das Verhältnis ist doch vollkommen okay!", meinte Blackrider.

„Na ja. Vielleicht wachse ich ja noch", gab Juliana zu bedenken.

„Selbst wenn. Deshalb magst du Nike doch nicht weniger."

Ganz genau, dachte Juliana. Das war der Punkt. Nike war *ihr* Pferd. Nicht, weil Juliana mit ihr Turniere reiten oder Schönheitswettbewerbe gewinnen wollte, sondern weil Nike ihr in all den Jahren ans Herz gewachsen war.

Aber dann fiel ihr plötzlich wieder ein, wie sie die Haflingerstute am Nachmittag gequält hatte, wie sie sie gnadenlos angetrieben und getreten hatte, nur weil sie sich über Fabian und Tori geärgert hatte.

Ich bin genauso cholerisch wie mein Vater, dachte Juliana. Der Gedanke erschreckte sie so, dass ihr Herz einen Schlag aussetzte. Sie liebte Nike und trotzdem hatte sie sie angebrüllt und geschlagen. Wegen nichts und wieder nichts. Und nun tat es ihr leid, genauso wie ihrem Vater seine Wutausbrüche leidtaten.

„Was ist los?", schrieb Blackrider. „Bist du jetzt doch eingeschlafen?"

„Nein, ich bin noch da. Ich musste nur gerade an was Blödes denken."

„Noch was Blödes? Das mit deinem Pferd ist ja wohl schon schlimm genug."

„Was ich heute gemacht habe, war noch viel schlimmer", schrieb Juliana. Und dann berichtete sie, wie sie alleine ausgeritten war, sie schrieb von ihrer Genervtheit und wie sie Nike ihre schlechte Laune hatte spüren lassen, bis die Stute sie abgeworfen hatte. Es tat gut, das alles zu erzählen. Sie hatte das Gefühl, dass die Schuld, die auf ihr lastete, mit jedem Satz, mit jedem Wort, leichter wurde.

Aber als sie fertig war, antwortete Blackrider nicht. Er war noch online, der grüne Punkt neben seinem Rosen-Avatar leuchtete.

„Und jetzt?", schrieb Juliana. „Hab ich dich geschockt?"

„Nein", antwortete er. „Mir gehen nur so viele Dinge durch den Kopf, dass ich sie gar nicht alle aufschreiben kann."

„Ich fühl mich so mies. Wie konnte ich nur so gemein zu Nike sein? Ich hab sie wirklich nicht verdient."

„Sie hat dich abgeworfen“, schrieb Blackrider. „Meiner Meinung nach seid ihr quitt.“

„Hä?“

„Du hast sie getreten, sie hat sich gerächt. Aber wenn du sie jetzt aufgibst, wenn du zulässt, dass ihre Besitzerin sie weggibt, dann bestrafst du sie für etwas, woran sie gar nicht schuld ist.“

Juliana starrte auf den Bildschirm. Ihr Kopf dröhnte, als wäre sie soeben wieder vom Pferd gefallen. Blackrider hatte Recht. Für Nike wäre es eine Strafe, wenn sie Sunshine verlassen müsste. Und sie würde das Gefühl haben, es sei die Strafe dafür, dass sie Juliana abgeworfen hatte. Dabei war Juliana diejenige, die eine Bestrafung verdient hätte.

„Aber mir bleibt doch gar nichts anderes übrig. Ich kann sie nicht behalten! Sie gehört mir ja gar nicht!“, tippte sie aufgeregt.

„Man kann immer was tun“, schrieb Blackrider zurück. „Lass mich mal drüber nachdenken. Mir fällt bestimmt eine Lösung ein.“

„Was willst du denn machen?“, fragte Juliana, aber als sie die Entertaste drückte, um die Frage zu senden, sah sie, dass der grüne Punkt neben der schwarzen Rose erloschen war. Blackrider hatte sich ausgeloggt.

Ihre Eltern waren so grausam. Sie bestanden darauf, dass Juliana den ganzen nächsten Tag im Bett verbrachte.

Auf die Schule konnte sie ja gut verzichten, aber dass sie am Nachmittag nicht auf die Ranch durfte, das war reine Folter.

„Mir geht's doch gut", erklärte sie ihrer Mutter. „Und ich versprech auch hoch und heilig, dass ich heute nicht aufs Pferd steige. Aber ich muss doch wenigstens mal nachsehen, wie es Nike geht."

„Wenn irgendwas mit ihr ist, sagen dir die anderen schon Bescheid", erklärte ihre Mutter erbarmungslos. „Ruh dich aus, dann bist du morgen wieder fit und alles ist gut."

Nichts ist gut, hätte Juliana am liebsten geschrien. Vielleicht war Nike morgen schon weg, und dieser blöde große Pinto stand in ihrer Box, weil Sue sich und Juliana einen tränenreichen Abschied ersparen wollte. Jedes Mal, wenn Juliana daran dachte, kochte die Wut in ihr hoch. Fünf Jahre lang hatte sie jede freie Minute mit der Haflingerstute verbracht, sie hatte sie gefüttert, gepflegt und geritten, und als Nike die schlimmen Koliken gehabt hatte, hatte Juliana sogar im Stall übernachtet. Sie ist wie ein Kind für mich, dachte sie verbittert. Das kann man doch auch nicht einfach so austauschen.

Mir fällt bestimmt eine Lösung ein, hatte Blackrider ihr versichert. Juliana brannte darauf nachzufragen, was er damit gemeint hatte. Aber natürlich war er den ganzen Vormittag nicht in der Pferdewelt, im Gegensatz zu Juliana musste er ja in die Schule.

Auch am Nachmittag erschien sein Name nicht auf der Liste der eingeloggten Mitglieder. Alle fünf Minuten schaute Juliana nach, ob er nicht endlich auftauchte. Wahrscheinlich ist ihm doch nichts eingefallen, dachte sie irgendwann resigniert. Vielleicht lässt er sich nie mehr hier blicken.

Aber kurz nach fünf war er plötzlich online.

„Hi, Nike!“, schrieb er. „Was macht der Kopf? Geht's dir besser?“

„Kein Stück“, schrieb sie zurück. „Ich darf nicht zur Ranch und dreh hier fast durch. Wo warst du denn so lange?“

„Tut mir leid. Hab so meine Verpflichtungen.“

„Und? Hast du eine Idee, wie ich Nike doch noch behalten kann?“

„Ja. Aber ich weiß nicht, ob sie dir gefällt.“

„Wieso?“

„Sie ist nicht ganz legal.“

„Was schlägst du denn vor? Dass ich sie klaue?“

„So ähnlich. Du holst sie heimlich aus dem Stall und versteckst sie für ein paar Tage. Und dich versteckst du auch.“

„Und wo sollen wir uns verstecken? In meinem Kleiderschrank? Im Gartenhäuschen? Ich kenne keinen Ort, an dem ich mit einem Pferd untertauchen könnte.“

„Aber ich. Ich hab ein todsicheres Versteck, da findet euch keiner. Ihr müsst nur irgendwie dorthin kommen.“

„Aber was soll das bringen? Irgendwann finden sie uns doch und wenn sie uns nicht finden, müssen wir wieder zurück."

„Aber dann haben sich die Dinge geändert, da bin ich mir ganz sicher."

„Wie meinst du das?"

„Wenn Nikes Besitzerin merkt, wie entschlossen und verzweifelt du bist, dann ändert sie ihre Entscheidung und behält Nike. Hundertpro. So wie du sie beschreibst, ist sie ja ganz in Ordnung. Sie ist bestimmt total erleichtert, wenn ihr beide wohlbehalten wieder zurückkommt. Und dann kommt sie zur Vernunft und lenkt ein."

Hm. Das klang plausibel. Auch wenn Juliana die Idee alles andere als verlockend fand, ein paar Tage und Nächte in einem verlassenen Haus oder Schuppen zu campieren.

„Und wo ist denn dieses todsichere Versteck?", tippte Juliana.

„Es ist eine alte Fabrik, ganz hier in der Nähe", antwortete Blackrider. „Die Produktionshallen stehen seit Jahren leer, da bemerkt dich keiner. Die Frage ist nur, wie du dorthin kommst. Ich hab noch keinen Führerschein, sonst würd ich dich mit dem Transporter abholen."

„Gib mir mal die Adresse", schrieb Juliana.

„Bogenstraße 77–80. Gehört noch zu Düsseldorf, liegt aber ein bisschen außerhalb."

Sie gab den Straßennamen bei Google Maps ein und stellte fest, dass die Fabrik gerade einmal 3,7 Kilometer von der Ranch entfernt lag. „Das ist ja ein Katzensprung", schrieb sie zurück.

„Ihr müsstet die Strecke aber nachts zurücklegen", gab Blackrider zu bedenken. „Am besten benutzt ihr Seitenstraßen und Feldwege, damit ihr nicht so auffallt. Reiten wird wahrscheinlich schwierig, ist ja dunkel. Aber wenn du Nike führst, könnt ihr es locker in einer Stunde schaffen."

Die Vorstellung, Nike nachts aus dem Stall zu holen und dann mit ihr durch die Dunkelheit zu ziehen, gefiel Juliana gar nicht. Und dass sie mit ihr in einer alten Fabrik übernachten sollte, behagte ihr noch weniger.

„Wir kennen uns ja kaum", schrieb Blackrider. „Aber wenn du willst, kann ich dir gern Gesellschaft leisten. Natürlich nur, wenn das okay für dich ist."

Wir kennen uns ja kaum. Das stimmte, da hatte Blackrider Recht. Andererseits verstand er ihre Ängste und Wünsche besser als ihre Freundinnen oder gar ihre Eltern. Die Vorstellung, ihn in der alten Fabrik kennenzulernen, war gruselig und verlockend zu gleich.

„Warte mal", schrieb Blackrider. „Ich schick dir ein Foto von mir und meinen richtigen Namen. Dann kannst du dir eine bessere Vorstellung von mir machen."

Kurz darauf öffnete sie den Anhang mit seinem Porträt. Blackrider hieß in Wirklichkeit Jan Dübbers, er ging in die neunte Klasse des Humboldt-Gymnasiums und sah sehr nett aus. Kurze rotblonde Haare, Sommersprossen, ein freches Lachen. Wie groß er war, konnte man auf dem Foto natürlich nicht erkennen.

Juliana schickte ihm nun auch ein Bild von sich. Sie überlegte kurz, ob sie ihm gestehen sollte, dass sie in Wirklichkeit eins vierundsiebzig statt eins neunundsechzig groß war. Aber dann ließ sie es doch bleiben. Wenn die Chemie zwischen ihnen stimmte, würden die paar Zentimeter keinen Unterschied machen. Hoffte sie jedenfalls.

„Juliana heißt du“, schrieb er zurück. „Das ist ein schöner Name. Ich würde dich sehr gern richtig kennenlernen.“

Ich dich auch, dachte Juliana.

Sie verabredeten sich für die nächste Nacht. Vorher sollte Juliana noch einmal mit Sue sprechen. „Vielleicht ist sie ja inzwischen in sich gegangen und hat es sich anders überlegt“, schrieb Blackrider alias Jan. „Dann könnten wir uns die ganze Aktion sparen.“

„Das kann ich mir nicht vorstellen“, erwiderte Juliana. Und wenn sie ehrlich war, dann wollte sie es sich auch gar nicht mehr vorstellen. Je länger sie darüber nachdachte, desto besser gefiel ihr der Plan mit der alten Fabrik. Das Ganze klang so verwegen und abenteuerlich. Ihr Vater würde natürlich ausrasten, sie hörte ihn jetzt schon toben und schreien.

Und Ayla und die anderen wären beleidigt, dass Juliana sie nicht in ihren Plan eingeweiht hatte. Aber das war ihr egal.

„Nicht nur Blackrider wird mich jetzt richtig kennenlernen", murmelte sie, bevor sie den Computer ausschaltete. „Ihr auch."

Sue hatte ihre Meinung nicht geändert. „Es ist das Beste für die Ranch. Und für dich auch", sagte sie, als Juliana in ihr Büro kam, um noch einmal mit ihr über Nike zu sprechen.

„Und was ist mit Nike? Hast du dich einmal gefragt, wie sie sich fühlt, wenn sie einfach abgeschoben wird? Die Sunshine Ranch ist ihr Zuhause."

„Nike ist ein Pferd, Juliana. Und ich geb sie schließlich nicht zum Metzger, sondern nach Lindenhof, wo es ihr hervorragend gehen wird."

„Wenn du das wirklich durchziehst, Sue, dann …"

„Was dann?" Sue stand auf und kam auf Juliana zu, bis sie direkt vor ihr stand. Ihre roten Locken leuchteten in der Nachmittagssonne, als stünden sie in Flammen. „Jetzt beruhig dich mal. *Cool down. I really want you to be happy here.* Aber ich lasse mich nicht unter Druck setzen. Hast du verstanden?"

Und wie, dachte Juliana wütend. Hier war jeder Widerspruch zwecklos. Sue hatte ihre Entscheidung getroffen und war durch nichts in der Welt davon abzubringen. Blackriders Plan war ihre letzte Chance, um Nike zu behalten.

Die Flucht

Nach dem Abendessen schlich sich Juliana in die Küche und schmierte sich fünf Scheiben Brot. Sie packte Kekse, Gummibärchen, Schokolade, Orangensaft, zwei Äpfel, vier Bananen, eine Flasche Cola und eine Flasche Wasser, zwei Becher Joghurt, eine Packung Knäckebrot und eine Dose Thunfisch in einen Rucksack. Zum Glück hatte ihre Mutter heute eingekauft und der Kühlschrank war gut gefüllt, sodass die Lücken nicht sofort auffallen würden.

In ihrem Zimmer stopfte sie noch ein paar Unterhosen, T-Shirts und eine Jeans zu den Lebensmitteln. Waschzeug brauchte sie nicht, in der Fabrik gab es bestimmt kein fließendes Wasser. Ihre Isomatte rollte sie zusammen und befestigte sie unten, ihren Schlafsack oben an ihrem Rucksack.

Ein letzter Blick in die Pferdewelt. Blackrider war online. „Aufgeregt?“, fragte er.

„Total!“, schrieb Juliana.

„Bleib cool. Wird schon schiefgehen. Ich freu mich auf jeden Fall irre darauf, dich kennenzulernen.“

„Ich mich auch."

Um zehn Uhr schlich sie sich nach draußen, holte das Fahrrad aus der Garage und fuhr zur Ranch.

Die Einzigen, die ihr jetzt noch einen Strich durch die Rechnung machen konnten, waren die beiden Hunde. Aber Heinrich fuhr normalerweise abends mit Stefan nach Hause. Und Washington hatte einen tiefen Schlaf.

Kurz vor dem Ziel versteckte sie ihr Fahrrad hinter einer Hecke, dann schlich sie zu Fuß weiter. Neben der Ranch wohnten die Fischers, ein neugieriges Rentnerehepaar, das den ganzen Tag am Fenster hing. Hoffentlich starrten sie nicht jetzt noch hinüber zur Ranch. Aber hinter den Fenstern des Einfamilienhauses war alles dunkel. Die Fischers waren wohl schon zu Bett gegangen.

Im Schatten der großen Hecke schlich Juliana zum Tor. Seit vor einigen Wochen Charlie, das Pferd von Sues Nichte April, aus dem Stall gestohlen worden war, war das Tor immer abgeschlossen, aber Juliana und die anderen Pferdemädchen wussten, wo der Schlüssel war. Sue versteckte ihn stets in der schmiedeeisernen Blumenampel vor dem Eingang.

Juliana fand ihn nach kurzem Herumtasten im Übertopf. Sie öffnete nicht das große, schwere Tor, sondern nur die Pforte daneben, die leise quietschte, als sie sie aufdrückte und auf den Hof schlüpfte.

Ob Washington sie gehört hatte? Juliana hielt den

Atem an. Auf dem Hof war alles still. Offensichtlich hatte Sue den Neufundländer mit ins Haus genommen.

Toller Wachhund, dache Juliana. Von Charlies Entführung hatte er damals auch nichts mitbekommen. Sue hatte danach eigentlich vorgehabt, mit ihm zum Hundetrainer zu gehen, aber dann hatte sie den Plan nie in die Tat umgesetzt. Glücklicherweise, dachte Juliana.

Sie schlich zuerst zur Sattelkammer und zog Nikes Zaumzeug und den Sattel vom Haken an der Wand. Dann ging sie in den Stall, wo die Pferde vor sich hindösten. Nur der nervöse Dakota wieherte erschrocken, als sie in die Stallgasse trat. Die übrigen Tiere dämmerten einfach weiter. Nike malmte auf einem Büschel Heu herum und beachtete Juliana gar nicht, als diese sich neben ihr in die Box schob. „Hallo, Süße“, murmelte Juliana und klopfte die Flanke der Haflingerstute. „Wie geht’s?“ Nike zog ungerührt ein weiteres Heubüschel aus der Raufe.

„Bist du immer noch sauer auf mich?“, wisperte Juliana. Im schummrigen Licht der Notbeleuchtung sah sie den großen Kratzer, der sich quer über Nikes Hals zog, und schauderte. „Wir machen heute noch eine kleine Nachtwanderung.“

Sie zäumte die Haflingerstute auf und sattelte sie. Dann umwickelte sie ihre Hufe mit Putzlumpen, die sie von zu Hause mitgebracht hatte.

Nike ließ sich seelenruhig aus der Box führen. Aber jetzt kam der schwierigste Teil der Übung. Sie mussten über den Hof zum Hinterausgang der Ranch, denn die Pforte neben dem Tor war zu schmal für die Stute. Hoffentlich dämpften die Stofffetzen an Nikes Füßen ihre Schritte so, dass Washington davon nicht aufwachte.

Langsam ging Juliana voran. Und Nike schien zu spüren, dass es jetzt darauf ankam, kein unnötiges Geräusch zu verursachen. Sie setzte ihre Füße so behutsam und leise auf das Pflaster, als ginge sie über rohe Eier.

„Brav, mein Liebling", flüsterte Juliana und musste wieder daran denken, wie sie Nike getreten und angeschrien hatte. Auf einmal hatte sie Tränen in den Augen.

Reiß dich zusammen, ermahnte sie sich selbst. Sie gingen am Hühnerhaus vorbei, in dem Sues Perl- und Seidenhühner sowie die beiden Wachteln leise gackerten. An dem kleinen Teich dahinter schliefen die Enten, die Köpfe unter die Flügel gesteckt. Juliana musste unwillkürlich gähnen, als sie ihre zusammengeduckten Gestalten sah.

Auch die beiden Hängebauchschweine Horst und Klothilde schliefen tief und fest in ihrem Außenstall, sie nahmen Juliana und Nike gar nicht zur Kenntnis.

Der Schlüssel für die Hintertür hing an einem Nagel unter dem Efeu. Auch das wusste jeder auf der Ranch. Es dauerte eine ganze Weile, bis Juliana ihn unter den

Ranken gefunden hatte. Als sie ihn dann ins Schloss steckte, stellte sie fest, dass die Tür gar nicht abgeschlossen war.

„Na super“, murmelte sie. „Du machst es Einbrechern wirklich leicht, Sue.“

Sie hatte sich die Route zur alten Fabrik ausgedruckt, aber sie brauchte die Karte nicht. Sie hatte sich die Strecke bereits so gut eingeprägt, dass sie den Weg auch so fand.

Sie führte Nike durch eine stille Wohngegend. Hinter den Fenstern der Reihenhäuser flackerte grünlichweißes Fernsehlicht. Die Leute saßen vor dem Fernseher oder lagen im Bett. Keiner bemerkte Juliana und Nike auf ihrem nächtlichen Spaziergang.

Nach hundert Metern ließen sie die letzten Häuser der Stadt hinter sich und wanderten auf einem Schotterweg übers freie Feld. Von jetzt an, das wusste Juliana, ging es schnurstracks geradeaus, nur ganz am Ende mussten sie durch ein Industriegebiet, das um diese Zeit aber völlig verlassen sein würde. Der Vollmond stand wie eine riesige bleiche Frisbeescheibe über den Bäumen am Feldrand und tauchte den Weg in ein gleißendes Silberlicht. Julianas und Nikes Körper warfen harte Schatten auf die abgeernteten Felder.

Sie entfernte die Stofffetzen wieder von Nikes Hufen und schwang sich in den Sattel. Nike fiel sofort in einen munteren Trab. Sie schien den Ausflug mitten in der Nacht richtiggehend zu genießen.

Juliana war ebenfalls hellwach. Ihr ganzer Körper kribbelte, sie fühlte sich wie an Weihnachten, kurz bevor es die Geschenke gab. Gleich war es so weit, gleich würde sie Blackrider kennenlernen. Jan.

Ob sie sich in Wirklichkeit genauso gut verstehen würden wie im Chat? Es wird bestimmt gut, dachte Juliana. Wir sind uns doch so ähnlich.

Jan und Juliana. Auch ihre Namen passten perfekt zusammen.

Aus der Dunkelheit tauchten mit einem Mal große, lang gezogene Gebäude mit Flachdächern auf. Das war das Industriegebiet, das sie auf der Karte gesehen hatte. Ganz am Rand des Viertels lag die alte Fabrik. Jan hatte versprochen, dass er davor auf sie warten würde.

Juliana warf einen Blick auf ihre Armbanduhr. Kurz vor halb zwölf. Sie war viel früher dran, als sie und Jan es eigentlich geplant hatten. Sie hatten nicht erwartet, dass es hell genug sein würde, um zu reiten.

Nikes Hufe hallten auf der Teerschicht, die den schmalen Weg bedeckte. Juliana zog die Zügel an und glitt aus dem Sattel. Ob sie die Stofffetzen wieder um die Hufe binden sollte? Aber die Gebäude zu ihrer Rechten und Linken lagen alle dunkel und verlassen da. Die Rolltore vor den Hallen waren heruntergelassen, Schranken versperrten die Zufahrt zu den Innenhöfen.

In diese Gegend kamen die Leute zum Arbeiten, nachts war hier keiner.

Keiner außer mir, dachte Juliana. Und Jan.

Bogenstraße. Wie der Lichtkegel einer Taschenlampe erhellte Mondlicht das Straßenschild. Juliana führte Nike in die Seitengasse. Das da hinten musste die Fabrik sein, von der Jan geschrieben hatte. Der Gebäudekomplex lag ein bisschen abseits. Eine Ziegelmauer umgab die ehemalige Fabrikanlage, dahinter ragte ein hoher Schornstein in den nächtlichen Himmel. Blackrider hat Recht, dachte Juliana. Das war wirklich das perfekte Versteck. Allerdings sicherte eine schwere Metallkette das schmiedeeiserne Tor vor der Einfahrt.

Nike schnaubte leise, als Juliana sie zum Eingang zog. Ein paar Meter vor dem Tor stemmte sie die Hufe in den Boden und blieb einfach stehen. „Komm schon, was ist denn los?", fragte Juliana leise. „Wir haben es doch fast geschafft."

Die Stute wieherte hell. „Nicht so laut, bist du verrückt?", zischte Juliana.

Sie zog noch einmal mit Nachdruck am Halfter. Nun setzte sich Nike wieder in Bewegung.

„So ist es gut."

Die Kette war abgeschlossen, das Tor ließ sich nicht öffnen. Aber direkt daneben war eine Tür. „Vielleicht haben wir ja Glück ..." Juliana zog am Türknauf.

Die Tür öffnete sich mit einem leisen Ächzen.

Die hohen Mauern der Fabrik beschatteten den Innenhof von allen Seiten. Bis auf einen hellen Fleck aus Mondlicht in der Mitte des Hofs lag der Platz in tiefer Dunkelheit.

„Hu", machte Juliana. „Das sieht aber gruselig aus."

Nike schnaubte wieder und schüttelte den Kopf, als wollte sie Juliana warnen.

Ob Jan schon da war? Er musste sie doch längst gehört haben!

„Hallo?" Julianas Stimme wurde von den hohen Fassaden zurückgeworfen. Das Echo klang dünn und seltsam fremd. „Jan?"

Keine Antwort. Nike tänzelte ein paar Schritte in Richtung Ausgang. Als ob sie ausbrechen wollte. „Ruhig!" Juliana nahm das Halfter fest in die Hand und trat dicht neben den Kopf der Stute. „Alles okay." War wirklich alles okay? Sie tätschelte Nikes Hals und spürte, wie die Stute zitterte. Die Nervosität des Tieres übertrug sich auf Juliana. Wenn die alte Fabrik nur nicht so dunkel und verlassen gewesen wäre. Wer weiß, wer sich hier alles versteckt, dachte Juliana. Obdachlose, Landstreicher, Junkies – die alten Produktionshallen waren ein idealer Unterschlupf für lichtscheues Gesindel.

Irgendwo hinter sich hörte sie ein Knacken, als ob jemand auf einen morschen Ast trat. Auch Nike hatte das

Geräusch gehört, ihr Körper wurde plötzlich steif vor Angst.

„Hallo?"

Jetzt ertönte ein Rascheln. Da war doch jemand, da hinten in der Halle mit den zerbrochenen Fensterscheiben! Juliana fuhr herum, ihre Augen suchten die schwarze Fassade ab. Vergeblich. In ihrem Rucksack steckte eine Taschenlampe, warum hatte sie nicht daran gedacht, sie herauszuholen, bevor sie das Gelände betreten hatte?

„Ist da wer?"

Ein lauter Knall, dann huschte eine kleine Gestalt aus dem Schatten und raste über den hellen Lichtfleck in der Mitte des Hofs. Ein schlanker Körper, gefolgt von einem buschigen Schwanz. Eine Katze!

Juliana hätte vor Erleichterung fast laut gelacht, aber Nike gab das fliehende Tier endgültig den Rest. Sie riss den Kopf nach oben, wieherte laut und schrill und versuchte, sich aufzubäumen. „Ho! Ganz ruhig, Süße!"

Juliana hängte sich mit ihrem ganzen Gewicht in die Zügel und zog Nike nach unten. „Ist doch nichts passiert!" Schnaubend trippelte die Stute von einem Bein aufs andere, ihre Augen glänzten weiß und panisch im Mondlicht. Juliana legte ihren Kopf an Nikes schweißnassen Hals. „Keine Angst", flüsterte sie. „Die Katze ist doch viel kleiner als du, die kann dir nichts tun."

Sie spürte, wie die Stute sich langsam wieder beruhigte. Und im selben Moment hörte sie Schritte.

Schnelle, laute Schritte, die sich von hinten näherten. Sie kamen aus der Halle, aus der auch die Katze geflüchtet war.

Als Juliana herumschoss, sah sie einen Schatten auf sich zukommen, eine hochgewachsene, kräftige Gestalt, die etwas in den Händen hielt. Juliana wollte fliehen oder wenigstens um Hilfe schreien, aber es war zu spät, die Gestalt hatte sie fast erreicht. Sie hob die Hände, dann knallte etwas auf ihren Kopf. Der Schmerz war gleißend hell, dann wurde alles dunkel.

Kopfschmerzen

Als sie wieder zu sich kam, dröhnte ein Presslufthammer in ihrem Kopf. Das Hämmern war so laut, dass es jeden anderen Gedanken verdrängte. Mühsam versuchte sie, sich zu erinnern.

Der dunkle Hof. Das Rascheln. Der Knall. Die Katze. Die große Gestalt, die mit erhobenen Händen auf sie zugerannt war. Und dann der Schlag. Nach und nach kamen die Erinnerungen zurück.

Juliana betastete vorsichtig ihren Schädel. Eine dicke Beule wölbte sich unter ihrem Haar. Aber sie fühlte kein Blut. Wie lange war sie wohl ohnmächtig gewesen? Ein paar Minuten oder Stunden? Der Mond stand immer noch links neben dem Fabrikschornstein. Juliana blickte auf die Leuchtziffern ihrer Armbanduhr. Halb zwölf, sie war nur ein paar Sekunden weg gewesen.

Nike, kam es ihr plötzlich. Wo war Nike?

Die Stute hatte direkt neben ihr gestanden, als der Fremde sie niedergeschlagen hatte. Und nun war sie weg! Ob sie geflohen war? Als sie ohnmächtig geworden war, hatte Juliana die Zügel losgelassen, vielleicht hatte Nike die Gelegenheit genutzt und war entkommen. Die Tür neben dem Tor, durch die sie das Gelände vorhin betreten hatten, stand immer noch auf.

Auf der Straße hörte sie das Getrappel von Hufen. „Nike!“ Juliana schoss in die Höhe. Viel zu schnell, viel zu plötzlich. Eine Welle von Übelkeit schwappte in ihr hoch und ein heftiger Schwindel packte sie. Sie schloss die Augen und riss sie sofort wieder auf, weil es dadurch nur noch schlimmer wurde.

Sie ließ sich zurück auf den Boden sinken. Das Hufgetrappel verklang in der Ferne. Sie musste hinterher, sie musste Nike nach, sie musste sie wieder einfangen! Wenn ihr nur nicht so schlecht wäre.

Der Schwindel wurde immer schlimmer. Es war sinnlos, in dieser Verfassung würde sie Nike niemals einholen. Und vielleicht, dachte Juliana plötzlich, war das auch gar nicht nötig. Nike war nicht dumm, sie würde den Weg zurück zur Ranch finden, genau wie neulich im Wald.

Es sei denn, jemand hinderte sie daran.

Blackrider. Erst jetzt fiel er Juliana wieder ein. Ihr geheimnisvoller Chatpartner war der Einzige gewesen, der gewusst hatte, dass sie heute Nacht hierherkommen wollte. Er hatte die alte Fabrik ja sogar als Versteck vorgeschlagen.

Aber dann war er nicht erschienen.

Jedenfalls hatte Juliana das bisher angenommen. Aber vielleicht war er doch schon da gewesen, als Juliana mit Nike angekommen war. Vielleicht hatte er sie beobachtet. Und dann hatte er sich von hinten angeschlichen, hatte Juliana niedergeschlagen und Nike entführt.

Er hat mich reingelegt, dachte Juliana. Er hat Nikes Entführung von langer Hand geplant.

Die Gedanken schwirrten durch ihren Kopf wie die Wagen eines Karussells. Wenn sie sich auf einen konzentrieren wollte, entglitt er ihr sofort wieder.

Warum hatte sich Blackrider im Reiterforum ausgerechnet an sie herangemacht? Er hatte doch nicht ahnen können, dass Sue Nike weggeben wollte. Davon hatte sie ja vor ein paar Tagen selbst noch nichts gewusst.

Ich muss die Polizei rufen, dachte sie. Jan und Nike konnten noch nicht weit gekommen sein, mit etwas Glück würde man den Dieb auf frischer Tat ertappen.

Sie tastete in ihrer Jackentasche nach ihrem Handy und fand es nicht. Natürlich nicht, Jan hatte es mitgenommen. Und ihr Portmonee fehlte ebenfalls. Dieser verdammte Schuft!

Dann muss ich eben Hilfe holen, beschloss Juliana. Diesmal erhob sie sich langsam und vorsichtig. Es half, das Schwindelgefühl war nicht mehr ganz so überwältigend. Behutsam setzte sie einen Fuß vor den anderen und bewegte sich langsam vorwärts. Als sie das Tor erreicht hatte, war sie so erschöpft, dass sie sich erst einmal anlehnen und ausruhen musste.

Was uns nicht umbringt, macht uns stark. Das war einer dieser blöden Sprüche, die Herr Krause, ihr Sportlehrer, immer von sich gab. Aber in dem Satz steckte offensichtlich ein Körnchen Wahrheit. Der Fußmarsch zurück nach Hause war am Anfang kaum zu ertragen. In Julianas Kopf hämmerte es wie verrückt, das Blut rauschte in ihren Ohren und der Vollmond schien am Himmel auf und ab zu hüpfen wie ein glänzendes Jo-Jo. Aber nach einer Weile ließ das Dröhnen nach, der Mond stand still und sie konnte auch wieder einigermaßen klar denken.

Je klarer ihr alles wurde, desto wütender wurde sie auf sich selbst. Wie hatte sie nur so blöd sein können! Sie hatte einem Wildfremden ihre Gefühle anvertraut und sich dann darauf eingelassen, ihn an einem vollkommen entlegenen Platz zu treffen. Wahrscheinlich hatte sie Glück gehabt, dass er sie nur niedergeschlagen und nicht gleich umgebracht hatte.

Allerdings war ihr nach wie vor schleierhaft, was der Dieb mit Nike vorhatte. Wenn sie eine wertvolle Zuchtstute oder ein erfolgreiches Turnierpferd gewesen wäre … Aber Nike war vollkommen durchschnittlich – einmal abgesehen davon, dass sie für Juliana das kostbarste Pferd der Welt war. Vielleicht ist dieser Blackrider einfach wahnsinnig, dachte Juliana. Tränen schossen ihr in die Augen und liefen über ihre Wangen. Ich bin schuld daran, wenn Nike etwas passiert, dachte sie verzweifelt. Ich allein bin schuld daran und niemand sonst.

Für den Rückweg brauchte sie fast dreimal so lang wie für den Hinweg. Als sie endlich zu Hause war, war es kurz nach eins. Lautlos schloss sie die Haustür auf und schlich auf Strümpfen in die Diele. Und nun? Sollte sie gleich die Polizei alarmieren oder vorher Sue anrufen?

Zuerst einmal brauchte sie das Telefon.

Juliana schlüpfte ins Arbeitszimmer ihres Vaters, aber das Mobilteil lag nicht auf der Ladestation auf seinem Schreibtisch. Sie fand es weder in der Küche noch im Wohnzimmer oder sonst irgendwo. Ihre Eltern mussten es mit ins Schlafzimmer genommen haben.

Ich muss sie aufwecken, dachte Juliana. Spätestens morgen erfahren sie ohnehin, was passiert ist. Eine ganze Weile stand sie vor dem Schlafzimmer, die Hand auf der Türklinke, und versuchte, sich selbst dazu zu bringen, die Tür zu öffnen. Ihre Mutter würde sofort aufwachen, sie hatte einen sehr leichten Schlaf.

Dann würde auch ihr Vater wach werden und wenn er hörte, wie blöd Juliana gewesen war, würde er schreien und toben und wüten …

Julianas Kopf begann wieder zu dröhnen.

Das ertrage ich nicht, dachte sie. Und ließ die Klinke wieder los.

Dann drehte sie sich um und ging den Flur entlang zu ihrem eigenen Zimmer. Sie zog sich nicht aus, sondern legte sich mit den Kleidern ins Bett.

Ich ruh mich nur kurz aus, dachte sie. Danach würde sie ihre Eltern wecken und ihnen alles gestehen und die Polizei anrufen …

Minuten später wurde sie wieder wach. Ihre Mutter stand in der offenen Tür. „Aufstehen, Juliana! Was ist denn los mit dir? Hast du den Wecker nicht gehört?"

Juliana stöhnte. Neben ihr dudelte ihr Radiowecker. Ihr Kopf war so schwer wie ein Medizinball. Warum musste ihre Mutter sie mitten in der Nacht aufwecken?

Mitten in der Nacht? Durch die geschlossenen Jalousien fiel Tageslicht. Vor dem Fenster zwitscherten Vögel.

„Wie spät ist es denn?", fragte sie. Ihre Stimme klang, als ob sie Watte im Mund hätte.

„Gleich Viertel nach sieben."

Viertel nach sieben. Die Erinnerung an die Vorfälle der letzten Nacht sickerten in Julianas Bewusstsein wie die Sonnenstrahlen durch die Ritzen in der Jalousie. Sie stöhnte erschrocken auf. Sie hatte sechs Stunden wie ein Stein geschlafen. Und während sie geschlafen hatte, war Blackrider mit Nike abgehauen. Inzwischen hatte er alle Zeit der Welt gehabt, sie an einem sicheren Ort zu verstecken.

„Was ist denn mit dir los, Juliana?“, fragte Frau Melzer. „Du bist ja totenbleich. Ist dir nicht gut?“

„Ja“, krächzte Juliana. „Mir ist total schlecht.“

„Um Gottes willen. Der Sturz vom Pferd. Wenn du nun doch eine Gehirnerschütterung hast? Ich ruf am besten direkt im Krankenhaus an …“

Juliana schauderte. Bloß das nicht!

„Nein, Mama. Mit meinem Kopf ist alles in Ordnung“, log sie. „Ich hab nur horrormäßige Halsschmerzen und mein Ohr tut auch weh.“ Um glaubwürdiger zu wirken, wollte sie sich ans linke Ohr fassen, aber als sie den Arm hob, fiel ihr ein, dass sie ja immer noch die Klamotten von letzter Nacht anhatte. Hastig schob sie die Hand wieder zurück unter die Bettdecke.

„Wirklich? Na, vielleicht sollten wir trotzdem zum Arzt.“ Ihre Mutter trat neben sie und legte eine Hand auf Julianas Stirn. „Fieber hast du keines.“

„Nee, so schlimm ist es nicht. Nur eine Erkältung.“

„Also gut. Du bleibst im Bett. Ich rufe im Büro an und gebe Bescheid, dass ich heute nicht komme.“

„Ist doch nicht nötig, Mama. Wirklich. Ich ruh mich aus und morgen bin ich wieder fit. Geh ruhig zur Arbeit.“

Ein misstrauischer Blick. Juliana hustete ein bisschen

und verzog leidend das Gesicht. Ihre Mutter zuckte mit den Schultern. „Wenn du meinst. Aber du musst mir versprechen, sofort anzurufen, wenn es dir schlechter geht.“

Die Haustür ging dreimal. Zuerst verließ Johann das Haus. Dann ihr Vater. Und zum Schluss ihre Mutter.

Juliana wartete vorsichtshalber noch einen Moment, bevor sie die Decke zurückschlug und aufstand.

Sie ging zum Schlafzimmer, um das Telefon zu holen, aber im Flur blieb sie nachdenklich stehen. Sollte sie wirklich die Polizei anrufen? Was wollte sie den Polizisten denn erzählen? Die Ereignisse der letzten Nacht kamen ihr auf einmal vor wie ein wirrer Albtraum. Bevor sie die Sache meldete, musste sie zuerst einmal ihre Gedanken ordnen.

„Jetzt noch mal ganz langsam und der Reihe nach“, murmelte sie.

Sie hatte sich mit einer Internetbekanntschaft in einer verlassenen Fabrik verabredet. Und als sie mit Nike angekommen war, hatte sie der geheimnisvolle Unbekannte hinterrücks überfallen und Nike entführt.

Halt, dachte Juliana. Ob es wirklich Blackrider war, der Nike entführt hatte, konnte sie doch gar nicht wissen. Vielleicht war alles ganz anders gewesen.

Vielleicht hatte Blackrider alias Jan gar nichts mit dem Überfall zu tun. Weil er nämlich noch gar nicht in der Fabrik gewesen war, als Juliana und Nike dort eingetroffen waren. Irgendein Krimineller oder Junkie, der die Fabrik als Unterschlupf benutzte, war rein zufällig von Juliana aufgescheucht worden und hatte sie niedergeschlagen. Der Typ hatte ihr Handy und das Geld eingesteckt und war geflüchtet.

Und Nike war ebenfalls geflüchtet – zurück zur Sunshine Ranch.

Nachdem Juliana aus ihrer Ohnmacht aufgewacht war, hatte auch sie die Fabrik verlassen. Und Jan war erst danach eingetroffen und hatte bis jetzt keine Ahnung, was vorgefallen war.

So könnte es gewesen sein, dachte Juliana. So – oder ganz anders.

Aber falls es stimmte, wäre es natürlich bescheuert, jetzt die Polizei zu alarmieren. Sie musste als Erstes herausfinden, ob Nike zurück auf der Ranch war.

Anrufen ging nicht, das war klar. Aber sich am helllichten Tag auf die Sunshine Ranch zu schleichen und nachzusehen, ob Nike in ihrer Box stand, war auch undenkbar. Wenn Sue Juliana zu Gesicht bekäme, würde sie sofort misstrauisch werden und sie so lange ausquetschen, bis sie mit der Wahrheit rausrückte.

Ayla muss mir helfen, dachte Juliana. Sie muss für mich zur Ranch gehen.

Über Facebook schickte sie ihr eine Nachricht.

„Muss dich dringend sprechen. Komm in der großen Pause zum Treffpunkt. Ruf nicht an, mein Handy ist weg."

Ayla würde supersauer sein, dass sie ihr die ganze Geschichte mit dem Chat und Blackrider jetzt erst erzählte. Aber besser spät als nie, dachte Juliana, während sie ihre Schuhe anzog und die Jacke von der Garderobe riss. Hoffentlich checkte Ayla ihre Nachrichten und vergaß nicht wie so oft, ihr Handy einzuschalten.

Sie vergaß es.

Juliana wartete die ganze große Pause vergeblich auf der Bank hinter dem Sportplatz, auf der sie und Ayla sich immer trafen, wenn es etwas Vertrauliches zu besprechen gab. Etwas, von dem die anderen nichts mitbekommen sollten.

Als es zum zweiten Mal läutete, stand sie resigniert auf.

So ein Mist. Nun musste sie bis zum Schulschluss nach der sechsten Stunde warten.

Auf den Rückweg zu den Fahrradständern wäre sie beinahe mit Frau Jarusek zusammengestoßen, die gerade vom Lehrerparkplatz kam. Frau Jarusek war ihre Englischlehrerin, sie durfte Juliana auf keinen Fall sehen, schließlich hatte ihre Mutter sie heute Morgen krankgemeldet. Mit einem kühnen Sprung hechtete

Juliana hinter die kleine Mauer am Musikpavillon und duckte sich.

Mit eingezogenem Kopf zählte sie langsam bis zwanzig. Und danach noch mal vorsichtshalber bis zehn. Jetzt müsste die Luft wieder rein sein, dachte sie. Langsam hob sie den Kopf.

„Was machst du denn hier?“, fragte eine vertraute Stimme. „Suchst du Ostereier?“

Nachforschungen

Fabian stand auf der anderen Seite der Mauer und starrte auf Juliana hinunter, als wäre er ein Urwaldforscher und sie eine seltene Schlangenart.

„Ich – äh – hab mich vor der Jarusek versteckt." Juliana richtete sich hastig auf. Ihr Kopf begann sofort wieder zu dröhnen und zu hämmern. Sie verzog das Gesicht.

„Warum das denn? Hast du was ausgefressen?"

„Ich bin eigentlich gar nicht hier."

„Aha." Fabian räusperte sich. „Na dann hab ich auch niemanden gesehen."

Er wandte sich zum Gehen, aber Juliana hielt ihn auf.

„Halt, warte doch mal! Was machst du denn hier? Hast du keinen Unterricht?"

„Doch. Ich hab gerade Musik. Aber Herr Streicher hat eine CD im Lehrerzimmer vergessen und ich soll sie holen."

„Ach so." Diese Kopfschmerzen wurden immer schlimmer. Am liebsten hätte sie sich flach auf dem

Boden ausgestreckt und die Augen geschlossen und wäre eingeschlafen. Oder gestorben.

„Was ist los, Juliana? Mit dir stimmt doch was nicht."

Sie ließ sich auf die Mauer sinken und schlug die Hände vors Gesicht. „Das kannst du laut sagen."

„Warte hier", sagte Fabian. „Rühr dich nicht von der Stelle, versprichst du mir das? Ich bin sofort wieder bei dir."

Er rannte zum Schulgebäude. In Julianas Ohren rauschte das Blut. Sie war so müde und ihr war so schwindlig und sie hatte nicht die Spur einer Ahnung, was sie jetzt machen sollte. *Rühr dich nicht von der Stelle.* Nein, bestimmt nicht. Sollte die Jarusek sie doch erwischen oder irgendein anderer Lehrer. Sollte die Polizei sie einsperren dafür, dass sie Nike entführt hatte. Ihr war alles egal.

„Du bist noch da, Gott sei Dank!", sagte Fabian. „Komm, wir verschwinden erst mal von hier."

„Hä?" Juliana machte die Augen wieder auf. „Ich dachte, du hast Unterricht?"

„Ich hab mich gerade … entschuldigt. Ist schon okay, mach dir keine Gedanken. Los, wir hauen ab."

In einem Café in der Nähe bestellte Fabian Rosinenbrötchen und zwei große Latte Macchiato. „Ich weiß zwar nicht, was dir passiert ist", sagte er, „aber du siehst aus, als könntest du was zwischen die Zähne brauchen."

Sie wollte eigentlich nichts essen, nur aus Höflichkeit biss sie in ein Brötchen und nahm einen Schluck Kaffee. Aber dann merkte sie, wie ausgehungert sie war. Seit gestern Mittag hatte sie keinen Bissen mehr zu sich genommen.

„Das war wohl Rettung in letzter Sekunde", sagte Fabian beeindruckt, nachdem sie das Brötchen in Sekundenschnelle verschlungen hatte. „Noch eins?"

„Erst mal nicht, danke."

„So, dann raus mit der Sprache. Was ist hier Sache?"

Sie öffnete den Mund und machte ihn wieder zu. Nein, es ging nicht, sie konnte ihm unmöglich erzählen, wie bescheuert sie gewesen war. Vielleicht war Nike ja auch längst wieder im Stall und die ganze Angelegenheit hatte sich erledigt.

„Das Ganze hat etwas mit Nike zu tun, oder?", fragte Fabian.

„Mit Nike?", stammelte Juliana. „Wie kommst du denn darauf?"

„Sie ist weg. Sue hat mich heute Morgen vor der Schule angerufen. Irgendjemand hat Nike nachts aus ihrer Box geholt. Sue wollte wissen, ob mir was aufgefallen sei, ich war nämlich gestern als Letzter im Stall."

„Nike ist weg?“ Juliana hatte plötzlich Tränen in den Augen. Sie versuchte, sie zurückzudrängen, aber es ging nicht.

„Das ist mein Fehler“, schluchzte Juliana. „Nike ist geklaut worden und ich bin schuld daran.“

Sie erzählte ihm alles. Von ihrem Ärger über Sue, die Nike hatte weggeben wollen, von dem Reiterforum und Blackrider und seiner genialen Idee.

„Du bist wirklich in diese Fabrik gegangen?“, fragte Fabian ungläubig. „Obwohl du den Typen gar nicht kennst?“

„Ich war so bescheuert“, heulte Juliana. „Und jetzt hat er Nike, und ich hab keinen blassen Schimmer, wo er sie versteckt.“

„Geschweige denn, wer dieser Blackrider wirklich ist.“

Juliana wischte sich mit dem Ärmel die Tränen ab und starrte Fabian an. „Doch. Ich weiß, wie er heißt. Jan Dübbers ist sein richtiger Name. Und er geht aufs Humboldt-Gymnasium in Düsseldorf.“

„Wenn das stimmt, dann fress ich einen Besen“, meinte Fabian.

Juliana biss sich auf die Lippen. Fabian hatte Recht. Den Namen hatte Blackrider sich unter Garantie ausgedacht. Wie naiv musste man sein, um darauf reinzufallen!

„Ich bin so blöd“, murmelte sie betroffen. „Vielleicht ist der Typ nicht mal aus Düsseldorf.“

„Das kann ich mir nicht vorstellen“, meinte Fabian. „Er hat doch die Fabrik als Treffpunkt vorgeschlagen. Also muss er sich hier auskennen.“

„Meinst du, dass er irgendwo aus der Gegend kommt?“

„Liegt doch nahe, oder? Und mit Pferden kennt er sich auch aus. Vielleicht sollten wir mal die Reiterhöfe und Gestüte in der Umgebung nach ihm absuchen.“

„Aber wonach willst du denn fragen?“, fragte Juliana. „Wir haben doch keine Ahnung, wie der Typ aussieht. Das Foto, das er mir geschickt hat, war garantiert nicht echt.“

„Er muss Nike aber irgendwo unterbringen. Und versorgen muss er sie auch. Wenn er keine eigene Ranch hat, was ich bezweifle, dann ist er auf die Hilfe anderer angewiesen. Das ist unsere Chance.“ Er winkte der Kellnerin. „Wir möchten zahlen, bitte.“

„Ich verstehe immer noch nicht, was du vorhast“, sagte Juliana, als sie draußen auf der Straße standen.

„Wir gehen erst mal zu mir“, erklärte Fabian. „Du schaust nach, ob Blackrider noch mal im Forum aufgetaucht ist. Vielleicht hat er dir ja eine Nachricht geschickt. Mit einer Lösegeldforderung oder etwas Ähnlichem.“

„Und wenn nicht?“

„Dann rufen wir jeden Reiterhof in der Nähe an und fragen, ob heute eine Box für ein neues Pferd angemietet wurde. Oder ob ihnen sonst was Verdächtiges aufgefallen ist."

Juliana verzog das Gesicht. „Das kann ja Tage dauern, bis wir da durch sind."

Fabian zuckte mit den Schultern. „Vielleicht solltest du deine Freundinnen informieren. Wenn alle mithelfen, geht es viel schneller."

„Ich weiß nicht." Juliana starrte auf ihre Hände. „Mir ist das Ganze total peinlich."

„Ach Quatsch. Der Typ hat dich reingelegt, das muss dir doch nicht peinlich sein."

„Und wenn ich zur Polizei gehe?"

„Das hat Sue schon gemacht. Die Bullen haben die Anzeige am Telefon aufgenommen, ich wette, bis jetzt ist keiner von denen auf die Ranch gekommen. Die nehmen so was doch nicht ernst."

„Sie wissen ja auch nichts von Blackrider."

„Meinst du etwa, sie leiten eine Großfahndung ein, wenn du ihnen von ihm erzählst?"

„Nee, wahrscheinlich nicht."

Fabian blickte auf seine Uhr. „Wenn wir uns nicht selbst um die Sache kümmern, passiert gar nichts. Und mach dir nicht so viele Vorwürfe. Das wird schon, Kopf hoch!"

Blackriders Profil war aus der Pferdewelt verschwunden. *Teilnehmername wurde nicht gefunden*, war die einzige Antwort auf Julianas Suchanfrage.

„Zumindest wissen wir jetzt mit Sicherheit, dass er hinter der Sache steckt“, meinte Fabian.

„Dieser Fiesling! Ich könnte ihn umbringen! Wenn er Nike bloß nichts tut.“

„Jammern nützt nichts“, sagte Fabian. „An die Arbeit.“

Bis zum Mittag hatten sie eine Liste aller Pferderanchs, Gestüte und Reiterhöfe in der Umgebung erstellt.

„Jetzt muss ich aber schleunigst heim“, erklärte Juliana zerknirscht. „Wenn meine Mutter nach Hause kommt, und ich nicht da bin, ist die Hölle los.“ Bevor Juliana aufbrach, teilten sie die Liste auf. Die eine Hälfte wollte Fabian abtelefonieren, die andere sollte Juliana übernehmen.

„Ich ruf gleich mal Tori und die anderen an, ob sie uns helfen“, sagte Fabian, als er sie zur Tür brachte. *Tori und die anderen.* Es gab es Juliana einen Stich, dass er Tori als Erste nannte.

Wenn ich ihn am Anfang nicht so unfreundlich behandelt hätte, hätte er sich vielleicht gar nicht erst auf Tori eingelassen, dachte Juliana auf dem Weg nach Hause. Aber jetzt war es zu spät für Reue. Jammern nützte nichts, wie Fabian vorhin gesagt hatte. Außerdem hatte Juliana im Moment genug andere Sorgen.

Sie war gerade zu Hause eingetroffen, als Sue anrief.

„Ich hab den ganzen Morgen schon versucht, dich zu erreichen“, sagte sie vorwurfsvoll. „Hast du dein Handy ausgeschaltet?“

„Ich bin krank“, log Juliana. „Hab geschlafen und das Telefon nicht gehört.“

„*Oh, I'm sorry*. Hast du denn schon gehört, was auf der Ranch passiert ist?“

„Fabian hat mir gerade erzählt, dass Nike weg ist. Ich wollte dich auch schon anrufen …“

„Hast du etwas mit der Sache zu tun?“, fragte Sue scharf.

„Ich? N… nein“, stammelte Juliana. „Natürlich nicht. Was denkst du denn von mir? Was ist eigentlich passiert?“

„Das würde ich auch gern wissen.“ Sues klang alles andere als überzeugt von Julianas Unschuld. „Irgendjemand hat Nike heute Nacht aus dem Stall geholt. Einen Tag, bevor ich sie nach Lindenhof bringen wollte. So ein Zufall, was?“

„Ich hab nichts damit zu tun, wirklich!“

„Das hoffe ich für dich“, sagte Sue. „Ruf mich bitte sofort an, wenn dir noch was einfällt.“

Beim Mittagessen brachte Juliana kaum einen Bissen herunter. „Möchte bloß mal wissen, was du hast", rätselte ihre Mutter. „Vielleicht sollte ich dich doch besser ins Krankenhaus bringen. Damit sie dich noch mal richtig durchchecken."

„Ich hab eine Erkältung. Wegen so etwas geht man nicht ins Krankenhaus."

„Du klingst aber gar nicht ..." Frau Melzer hielt inne, als es an der Tür klingelte.

„Das ist bestimmt Ayla mit den Hausaufgaben!" Juliana erhob sich hoffnungsfroh.

Ayla hatte Myriam mitgebracht, und beide platzten vor Neugier, das sah ihnen Juliana sofort an.

„Was ist denn das für eine Geschichte, die Fabian da erzählt?", fragte Ayla, kaum dass sich die Tür von Julianas Zimmer hinter ihnen geschlossen hatte. „Was ist mit Nike?"

„Sie ist weg. Das Ganze ist ziemlich kompliziert."

„Ich frage mich, warum du zuerst Fabian davon erzählt hast und nicht uns", meinte Ayla vorwurfsvoll. „Hast du kein Vertrauen mehr zu deinen Freundinnen?"

„Wenn du in der großen Pause zum Treffpunkt gekommen wärst, hättest du als Erste davon erfahren", verteidigte sich Juliana.

„Das ist doch jetzt vollkommen egal, wer was zuerst wusste", meinte Myriam. „Erzähl endlich, was los ist."

„Das ist ja ein Ding“, sagte Ayla, als Juliana fertig war. „Du entführst Nike, schleichst nachts durchs Industriegebiet, triffst diesen Blackrider, der wahrscheinlich ein Irrer ist, dem es Spaß macht, Pferde zu quälen und …

„Hör auf“, sagte Myriam schaudernd. „Lass uns lieber die Liste mit den Telefonnummern durchgehen. Wir sollten uns an die Arbeit machen.“

Eine Stunde später hatten sie sämtliche Nummern durchtelefoniert und waren keinen Schritt weiter. „Kein einziger Verdächtiger“, erklärte Ayla. „Ich hab gerade mit Fabian gesprochen. Die sind jetzt alle auf der Ranch, damit Sue nicht misstrauisch wird. Aber rausgefunden haben sie auch nichts. Nirgends ist ein Pferd aufgetaucht, auf das Nikes Beschreibung passt.“

„War auch eine bescheuerte Idee, die Pferdehöfe anzurufen“, sagte Juliana. „Als ob dieser Typ so blöd wäre.“

„Ich muss jetzt leider auch zur Ranch.“ Myriam erhob sich. „Ich hab Sue versprochen, ihr heute beim Kinderreiten zu helfen. Wenn euch noch was einfällt, ruft mich an, okay?“

„Wie machen wir jetzt weiter?“, fragte Ayla, als Myriam weg war.

„Ich glaube, ich sollte zur Polizei gehen und die Sache melden“, sagte Juliana nachdenklich.

„Hast du das denn bisher nicht getan?“, fragte

Ayla entgeistert. „Aber Sue hast du es doch erzählt, oder?"

„Noch nicht", gab Juliana kleinlaut zu. „Fabian meinte, dass die Polizei ohnehin nichts unternehmen würde. Und Sue ist überzeugt, dass ich Nike entführt habe. Wahrscheinlich würde sie mir die Story mit Blackrider gar nicht glauben."

„Da könntest du Recht haben. Trotzdem ..."

„Und außerdem", unterbrach Juliana sie, „will ich gar nicht daran denken, wie mein Vater reagiert, wenn er erfährt, dass ich nachts mit Nike in dieser Fabrik war. Der rastet total aus."

„Allerdings", sagte Ayla unbehaglich.

„Wenn wir diesen Blackrider doch nur finden könnten!"

„Wie hat der Typ sich gleich noch mal genannt? Jan – und dann?"

„Jan Dübbers. Er geht angeblich aufs Humboldt-Gymnasium. Aber das hat er sich natürlich nur ausgedacht."

Ayla schaltete Julianas Computer an. „Im Telefonbuch gibt es dreizehn Leute, die Dübbers heißen und in Düsseldorf wohnen", verkündete sie wenige Minuten später. „Vielleicht hat ja einer von ihnen einen Sohn, der Jan heißt."

„Ach Quatsch. Dieser Blackrider ist doch nicht so blöd und verwendet seinen richtigen Namen."

„Aber vielleicht den Namen von einem Bekannten. Weil er dachte, dass du seine Angaben erst überprüfst, bevor du in die Fabrik kommst."

„Hm." Darauf war Juliana gar nicht gekommen. Sie hatte Blackrider blindlings vertraut und war direkt losmarschiert, ohne die Spur eines Zweifels.

„Ich ruf da jetzt mal an." Ayla wählte schon die erste Nummer. „Entschuldigung, kann ich bitte mit Jan sprechen? Was, Sie kennen keinen Jan? Da muss ich mich wohl verwählt haben."

Der siebte Telefonbucheintrag war der richtige. Ayla reckte triumphierend ihren Daumen in die Luft, während sich der Teilnehmer am anderen Ende auf die Suche nach seinem Sohn machte.

„Jan?", rief Ayla in den Hörer, als sich ein Junge meldete. „Du gehst doch aufs Humboldt-Gymnasium, oder?" Sie nickte enthusiastisch. „Aha", sagte sie. „Pass auf. Ich heiße Ayla. Du kennst mich nicht, aber du musst mir trotzdem zuhören. Ich brauch nämlich deine Hilfe."

Ayla fasste die Geschichte von Julianas und Blackriders Verabredung in der Fabrik, dem Überfall und Nikes Entführung kurz zusammen. „Wir wissen natürlich, dass du nicht Blackrider bist", sagte sie dann. „Aber vielleicht weißt du ja irgendwas, das uns auf seine Spur bringt."

Sie drückte auf das Lautsprechersymbol auf dem Telefon, damit Juliana Jans Antwort hören konnte.

„Das klingt ja total abgedreht. Nee, tut mir leid. Blackrider, den Namen hab ich noch nie gehört. Und dieses Forum kenn ich auch nicht."

„Bist du denn schon mal geritten?"

„Nee. Bin doch kein Mädchen. Sag mal, wollt ihr mich verarschen oder was?"

„Bestimmt nicht. Wir sind total verzweifelt, das musst du mir glauben."

„Na gut. Aber ich weiß wirklich nicht, wie ich euch helfen könnte."

„Der Typ hat deinen Namen benutzt. Und er wusste, auf welche Schule du gehst. Sieht so aus, als ob er dich kennt. Und wahrscheinlich kennst du ihn auch. Hast du vielleicht irgendeinen Verdacht?"

„Nee, echt nicht. Da könnte jeder dahinterstecken, aus meiner Parallelklasse, aus der Nachbarschaft oder dem Sportverein."

„Was machst du denn für einen Sport?"

„Ich spiele Kricket. Aber was hat das mit der Sache zu tun?"

„Nichts." Ayla seufzte. „Ich stochere nur ein bisschen im Nebel rum. Willst du dir vielleicht meine Telefonnummer aufschreiben, falls dir noch irgendwas einfällt?"

„Kann ich gern machen. Aber wie gesagt – ich habe überhaupt keine Idee."

Resigniert legte Ayla auf.

„Wieder ein Schuss in den Ofen", sagte Juliana traurig.

„Abwarten", sagte Ayla. Sie nahm ein Blatt Papier und kritzelte ein paar Worte darauf.

Blackrider, las Juliana. Und darunter: *Jan Dübbers, Luisenstraße 18, Humboldt-Gymnasium, Kricket*.

„Und das soll uns weiterbringen?", fragte sie zweifelnd.

„Wir sammeln erst mal", erklärte Ayla. „Was haben wir noch?"

„Nichts", sagte Juliana düster.

Aber Ayla schüttelte den Kopf. „Was hat er dir denn so von sich erzählt?"

„Dass er Westernstil reitet. Früher ist er sogar Reining-Turniere geritten. Aber jetzt nimmt er nur noch an Freestyle-Wettbewerben teil."

„Behauptet er zumindest", wandte Ayla ein. „Ob er wirklich Turnierreiter war und bei Freestyle-Shows mitmacht, wissen wir nicht." Sie schrieb dennoch *Westernreiten, Reining* und *Freestyle* auf, setzte aber ein Fragezeichen dahinter.

„Er kennt sich auf jeden Fall mit Pferden aus."

Ayla nickte und notierte *Pferdewissen* unter die anderen Punkte.

„Und er besitzt selbst eins", erinnerte sich Juliana. „Er hat geschrieben, dass er einen Appaloosa hat. County heißt er angeblich."

„Echt? Na, wenn das stimmt …" Ayla stürzte sich

wieder auf den Computer. Sie gab die Wörter *County* + *Appaloosa* + *Freestyle* in das Google-Suchfeld ein. „Keine Ergebnisse. Wär ja auch zu schön gewesen." Sie blickte Juliana ratlos an. „Sonst noch was?"

„Sein Avatar", sagte Juliana. „Als Profilbild im Forum hatte er eine schwarze Rose."

„Eine Rose? Das ist ja komisch. Das hat ganz bestimmt was zu bedeuten."

„Aber was?"

„Keine Ahnung." *Rose* schrieb Ayla auf das Blatt und unterstrich das Wort dann dreimal. „Hast du dir schon mal überlegt, ob du den Typ vielleicht kennst?"

„Diesen Blackrider? Du meinst – im richtigen Leben?"

„Wär doch möglich, dass er sich ganz bewusst an dich rangemacht hat."

„Meinst du, es ist jemand von der Ranch? Einer von den Jungen?"

„Oder ein Mädchen."

„Nee." Juliana schüttelte den Kopf. „Ich hab den Typen ja kurz gesehen, bevor er mich in der Fabrik niedergeschlagen hat. Das war kein Mädchen. Ein großer Junge. Oder ein Mann."

Großer Junge oder Mann, ergänzte Ayla.

„Wer wusste davon, dass du Mitglied in diesem Reiterforum bist?"

„Niemand. Vielleicht hab ich ein paar Leuten erzählt, dass ich manchmal in einem Forum chatte. Aber dass es Pferdewelt heißt, wusste keiner. Und es gibt zig Reithomepages im Internet."

„Nicht einmal ich kenne das Forum." Ayla nickte. „Das bedeutet, dass es reiner Zufall war, dass Blackrider auf dich gestoßen ist. Hm." Sie dachte einen Moment lang nach, dann schüttelte sie den Kopf. „Das sind ein paar Zufälle zu viel, oder?"

Juliana zuckte die Schultern. „Ich kann mir aber noch viel weniger vorstellen, dass es einer aus unserer Schule ist. Oder sogar von der Sunshine Ranch. Auf jeden Fall hab ich den Namen Pferdewelt nie erwähnt. Ganz bestimmt nicht."

Ayla erhob sich. „Ich hab jetzt leider keine Zeit mehr. Ich muss mich noch um Saphir kümmern."

„Halt mich auf dem Laufenden. Aber denk dran, dass mein Handy weg ist."

„Und was machen wir mit Sue?"

„Du meinst, ich soll ihr von Blackrider erzählen?"

Ayla zögerte. „Irgendwann wirst du ihr die Wahrheit sagen müssen. Vielleicht schläfst du noch eine Nacht drüber und redest morgen mit ihr."

Juliana seufzte. „Du hast Recht."

Ayla umarmte sie. „Wird schon alles werden. Nur Mut."

Juliana hatte sich nur kurz aufs Bett gelegt, um nachzudenken, aber dann war sie eingeschlafen. Als sie wieder aufwachte, war es dunkel. Zehn Uhr.

Im Wohnzimmer saß ihre Mutter vor dem Fernseher.

„Ich hab den ganzen Nachmittag verpennt. Warum hast du mich denn nicht geweckt?“, fragte Juliana.

„Ich hab's ja versucht. Aber du hast so tief geschlafen, da hab ich dich in Ruhe gelassen. Wie geht es dir denn?“

„Gut.“ Vorsichtig bewegte Juliana ihren Kopf hin und her. Es stimmte. Ihr ging es wirklich gut. Die Kopfschmerzen waren weg, genau wie das matschige Gefühl, das sie den ganzen Tag über begleitet hatte. „Ich glaub, ich bin wieder fit.“

„Nur nichts überstürzen. Morgen ist ja zum Glück Samstag, da brauchst du nicht zur Schule. Aber zur Ranch gehst du am Wochenende auch nicht, dass das klar ist!“

Juliana riss die Augen auf. „Das geht nicht, Mama! Ich war heute schon nicht da, ich muss morgen unbedingt hin.“

„Dein Pferd wird auch mal ein paar Tage ohne dich zurechtkommen“, erklärte Frau Melzer.

Haha, der Witz des Jahrhunderts, dachte Juliana. Wenn ihre Mutter gewusst hätte, dass ihr Pferd gar nicht mehr auf der Sunshine Ranch war, sondern gestohlen worden war – und dass Juliana schuld daran war …

„Mama, bitte."

„Wirklich nicht, Juliana." Ihre Mutter richtete den Blick wieder auf den Fernseher, in dem ein Mann eine dicke Frau mit der Pistole bedrohte. „Gnade", wimmerte die Dicke.

Dann fiel ein Schuss.

„Gute Nacht", sagte Frau Melzer, ohne die Augen vom Bildschirm zu wenden.

Die alte Fabrik

Es war natürlich verlockend. Wenn Juliana nicht zur Ranch durfte, musste sie auch nicht mit Sue reden. Einerseits. Andererseits hatte Ayla Recht: Irgendwann musste Juliana die Wahrheit sagen und je länger sie damit wartete, desto schwieriger würde es werden. Und wenn Blackrider Nike etwas antat, würde sie sich ihr Leben lang Vorwürfe machen. Sie musste es hinter sich bringen und zwar so schnell wie möglich. Aber nicht am Telefon. Juliana musste persönlich mit Sue sprechen.

Inzwischen war es halb elf, ihre Mutter saß noch immer vor dem Fernseher und ihr Vater war wahrscheinlich in seinem Arbeitszimmer. Niemand würde es merken, wenn Juliana sich kurz aus dem Haus schlich und zur Sunshine Ranch fuhr.

Inzwischen hatte sie Übung darin, auf Strümpfen durch den Flur zu huschen und lautlos zu verschwinden. Vorsichtig schloss sie die Garage auf und wollte ihr Fahrrad holen. Aber es war nicht da.

Jetzt erst erinnerte sie sich daran, dass es immer noch hinter der Hecke bei der Ranch lag.

Zu Fuß würde sie viel zu lange brauchen. Ob sie sich das Fahrrad ihrer Mutter ausleihen sollte …? Während sie noch darüber nachdachte, trat ein Schatten in die Garagentür.

Ihr Vater.

„Wo willst du denn hin?“, fragte er drohend.

Von einer Sekunde auf die andere zitterte Juliana am ganzen Körper. Wie um alles in der Welt hatte ihr Vater mitbekommen, dass sie das Haus verlassen hatte? Sie hatte doch nicht das kleinste Geräusch gemacht.

„Komm raus da und zwar ein bisschen plötzlich!“ Als sie nicht sofort gehorchte, packte er sie am Oberarm und zerrte sie zurück ins Haus. Ihr Vater hatte sie noch nie geschlagen, aber heute war er nicht weit davon entfernt, das spürte sie genau.

„Wir haben uns den ganzen Tag lang Sorgen um dich gemacht und dabei hast du nur Theater gespielt!“, schrie er, sobald sie in der Diele standen. „Wahrscheinlich warst du gar nicht krank! Du bist einfach nur übermüdet, weil du dir in irgendwelchen Discos die Nächte um die Ohren schlägst.“

„In Discos?“, wiederholte Juliana entgeistert. „Ich wollte doch nicht in die Disco.“

„Wohin denn sonst? Um diese Zeit!“

„Ich wollte zur Ranch. Ich muss noch was mit Sue besprechen. Persönlich. Und Mama hat gesagt, dass ich morgen und übermorgen nicht hin darf.“

„Das ist ja wohl der Gipfel! Nachts um elf musst du mit Sue sprechen. *Persönlich* natürlich, versteht sich. Für wie blöd hältst du mich eigentlich?“

Er glaubte ihr kein Wort. Er hörte ihr gar nicht mehr zu, sondern schrie und tobte immer lauter, bis Julianas Mutter aus dem Wohnzimmer kam. „Was ist los, Jürgen?“, fragte sie irritiert.

„Halt du dich da raus!“, brüllte Herr Melzer.

„Geh auf dein Zimmer, Juliana“, sagte Frau Melzer ruhig.

Das ließ Juliana sich nicht zweimal sagen. Sie rannte in ihr Zimmer, zog sich aus und schlüpfte ins Bett, obwohl sie kein bisschen müde war. Atemlos hörte sie zu, wie ihr Vater im Flur herumschrie.

Wahrscheinlich wäre es mit Sue ähnlich gelaufen, dachte Juliana. Wenn sie erfahren hätte, dass Nike durch Julianas Dummheit in die Hände eines Unbekannten geraten war, wäre sie ausgerastet.

Aber Juliana hatte keine Lust mehr, sich anschreien zu lassen. Sie hatte einen Fehler gemacht, aber deshalb würde sie sich noch lange nicht wie ein Verbrecher behandeln lassen.

Ich muss herausfinden, wer Blackrider ist, dachte sie. Warum er Nike entführt hat und wo er sie versteckt hält.

Eine Weile lang starrte sie nachdenklich in die Dunkelheit. Sie dachte an die verschiedenen Informationen, die Ayla am Nachmittag auf den Zettel geschrieben hatte. Irgendetwas Wichtiges, irgendetwas Entscheidendes hatten sie übersehen, da war sich Juliana ganz sicher. Aber was es war, darauf kam sie nicht.

Sie war wieder in der alten Fabrik. Aber diesmal lag das Gelände nicht verlassen da, diesmal war es heller Tag und in den Produktionshallen herrschte ein reger Betrieb. Lastwagen brausten durchs Tor auf den Hof, Maschinen dröhnten, Förderbänder summten. Arbeiter im Blaumann rannten geschäftig durch die Gegend.

„Was willst du denn mit dem Gaul hier?"

Ein bulliger Kerl in einer blauen Latzhose baute sich vor Juliana auf. Erst jetzt wurde ihr bewusst, dass sie Nike am Halfter führte.

„Ich ... bin mit Blackrider verabredet", stammelte sie.

„Der ist da hinten." Der Mann wies mit dem Kopf über seine rechte Schulter.

Was soll das eigentlich?, fragte sich Juliana, während sie weiterging. Ich habe Nike doch wieder, warum verschwinde ich nicht schleunigst von hier?

„Das fragst du dich noch?", fragte eine Stimme direkt neben ihr. Als sie sich umdrehte, sah sie einen rotblonden Jungen mit Sommersprossen, der auf einem Mauervorsprung saß und sie freundlich anlächelte. „Sue will dir Nike doch wegnehmen, schon vergessen? Und dein Vater lässt dich auch nicht mehr auf die Ranch. Du musst dich wehren, sonst bist du verloren."

„Aber was soll ich tun?"

„Jammern nützt nichts", sagte der Junge, der plötzlich nicht mehr rothaarig war, seine Haare waren auf einmal braun. „Gib sie mir."

Bevor Juliana reagieren konnte, hatte er ihr die Zügel aus der Hand genommen und führte Nike weg. Die Stute wieherte erschrocken und sah sich angsterfüllt nach Juliana um.

Juliana wollte ihr nach, aber sie konnte ihre Füße nicht heben, es war, als ob sie im Boden einzementiert wären. „Lass Nike los!", schrie sie hilflos. „Bitte, nimm sie mir nicht weg!"

Da drehte sich der Junge zu ihr um und lächelte. Nun erkannte sie, dass es Fabian war.

Schweißgebadet wachte sie auf.

Fabian. In der stillgelegten Fabrik. Was für ein Quatsch! Oder … ob der Traum ein Hinweis war?

War Fabian Blackrider? Im Grunde wussten sie doch alle so gut wie gar nichts von ihm. Aber warum sollte Fabian Knopfler Nike entführen? Sein Vater würde ihm bestimmt ein eigenes Pferd kaufen, wenn er es sich so sehr wünschte.

Außerdem konnte er unmöglich wissen, dass Juliana Mitglied in der Pferdewelt war.

So ein Quatsch, dachte Juliana. Träume sind Schäume und haben nichts zu bedeuten.

Aber die Fabrik war vielleicht ein Anhaltspunkt, den sie sich genauer vornehmen sollten.

Juliana knipste ihre Nachttischlampe an und ging zum Schreibtisch. Da lag immer noch Aylas Blatt mit den Namen und Hinweisen.

Woher kennt Blackrider die alte Fabrik?, schrieb Juliana darunter.

Dann ging sie wieder ins Bett.

Gleich nach dem Frühstück googelte Juliana die alte Fabrik in der Bogenstraße und fand schnell heraus, dass dort noch vor einem Jahr Spielzeugeisenbahnen hergestellt worden waren. Dann hatte ein ausländischer Investor das Unternehmen gekauft und die Produktion ins Ausland verlegt. „Ehemaliger Firmeninhaber von Bergerhausen & Sohn untröstlich über Betriebsschließung", las Juliana in einem Zeitungsbericht im Internet.

„In den letzten Jahren hat der Betrieb durchweg rote Zahlen geschrieben. Mit den niedrigen Preisen der internationalen Wettbewerber konnte Bergerhausen & Sohn nicht mithalten. ‚Wir mussten die Firma verkaufen. Es gab keinen anderen Ausweg', erklärt Inhaber Dr. Bergerhausen, dessen Vater die Fabrik nach dem Krieg gegründet hatte. ‚Auch wenn es mir fast das Herz bricht, wenn ich an meine Mitarbeiter denke, die jetzt arbeitslos werden.' Über fünfzig Angestellte haben durch die Betriebsstättenverlagerung ihre Arbeit verloren. Was nun aus ihnen wird, ist noch offen", schloss der Artikel.

Aufgeregt rief Juliana Ayla an. „Dieser Bergerhausen wohnt ganz in der Nähe", erklärte sie. „Ob wir da mal vorbeigehen sollen, um mit ihm zu reden?"

Ayla gähnte. Julianas Anruf hatte sie aufgeweckt. „Was willst du ihn denn fragen? Ob er Nike geklaut hat?"

„Mann, Blackrider schien die Fabrik doch gut zu kennen. Vielleicht hat er ja mal da gearbeitet. Wir können diesen Bergerhausen doch bitten, ob er uns eine Liste seiner ehemaligen Angestellten gibt."

„Versuchen können wir es ja. Obwohl ich mir nicht viel davon verspreche." Noch ein Gähnen.

„Gib mir eine halbe Stunde. Ich kann ihn ja wohl schlecht im Schlafanzug besuchen."

Der Verkauf seiner Firma hatte Dr. Bergerhausen nicht zu einem reichen Mann gemacht, so viel stand fest. Er wohnte in einem kleinen Reihenhaus mit brauner Klinkerfassade. Vor dem Eingang standen zwei Paar schmutzige Gummistiefel.

„Vielleicht hätten wir doch zuerst anrufen sollen", meinte Ayla, nachdem sie die Klingel unter dem handgetöpferten Türschild gedrückt hatte. „Wahrscheinlich ist er gar nicht zuhause."

Aber da wurde die Türe auch schon geöffnet. Ein rundlicher, älterer Herr mit Glatze stand im Eingang. Bergerhausen. Juliana erkannte ihn von dem Foto im Internet.

„Guten Morgen, die Damen", begrüßte er sie freundlich. „Na, was möchtet ihr mir verkaufen?"

„Gar nichts", sagte Juliana. „Wir brauchen nur eine Auskunft. Dann sind wir wieder weg."

„Worum geht's denn?"

Nachdem Juliana ihm eine Kurzversion von dem Überfall in der Fabrik gegeben hatte, schüttelte er fassungslos den Kopf und bat sie ins Haus.

Er führte sie durch einen dunklen Flur in ein Wohnzimmer, in dem ein riesiges Aquarium mit exotischen Fischen stand.

„Das ist ja eine unglaubliche Geschichte, die ihr mir da erzählt", sagte Bergerhausen. „Aber warum kommt ihr damit zu mir?"

„Dieser Blackrider kannte die Fabrik sehr gut. Vielleicht hat er früher einmal für Sie gearbeitet", meinte Ayla.

„Ich kann mir nicht vorstellen, dass einer meiner Angestellten etwas mit der Sache zu tun hat. Die Leute kannte ich alle seit Jahren. Wir waren wie eine Familie." Bergerhausen runzelte die Stirn. „Kann es immer noch nicht glauben, dass das alles aus und vorbei sein soll."

„Wissen Sie, ob einer ihrer Mitarbeiter was mit Pferden zu tun hatte?", fragte Ayla.

„Vielleicht ist der eine oder andere mal geritten. Aber keiner von ihnen hat Pferde gehalten. Das hätte ich gewusst."

Als Juliana nach einer Liste der Angestellten fragte, schüttelte er den Kopf. „Die Namen darf ich euch nicht geben. Das fällt unter den Datenschutz. Sagt mal, ihr wart doch schon bei der Polizei und habt den Dieb angezeigt, oder?"

„Natürlich", sagte Juliana hastig. „Aber ob das was bringt, ist mehr als zweifelhaft. Es geht ja nur um ein Pferd, da reißen die sich kein Bein aus."

„Oder sind die Beamten etwa schon hier gewesen?", erkundigte sich Ayla.

„Niemand war hier. Und angerufen hat mich auch keiner. Allerdings hab ich mit dem Gelände da draußen auch nichts mehr zu tun. Das Grundstück hab ich vor Kurzem verkauft. Soll in Kürze alles abgerissen werden." Herr Bergerhausen tippte gedankenverloren mit dem Zeigefinger gegen das Glas des Aquariums. Ein großer grüner Fisch mit rotem Bart näherte sich neugierig. „Tja, mehr kann ich leider nicht sagen. So gern ich euch helfen würde …"

„Danke, dass Sie es versucht haben", sagte Ayla.

„Ich schreib Ihnen meine Handynummer auf, falls Ihnen noch was einfällt.“

„Dann melde ich mich. Und ihr könnt gern wieder vorbeikommen, wenn ihr noch was wissen wollt.“

„Wieder nichts“, sagte Juliana trübsinnig. Die beiden Freundinnen saßen in Albertos Eisdiele am Marktplatz und tranken Eisschokolade.

Ayla runzelte die Stirn.

„Jetzt ist Nike schon über vierundzwanzig Stunden verschwunden. Ich frage mich echt, wo der Typ sie versteckt hält. Eine ausgewachsene Haflingerstute. Das muss doch jemandem auffallen.“

„Vielleicht gehört dieser Blackrider ja zu einer internationalen Pferdediebesbande und Nike ist längst irgendwo im Ausland ...“ Juliana versagte die Stimme.

Ayla legte ihr die Hand auf den Arm. „Ach, Blödsinn. Eine organisierte Bande wäre die Sache nicht so kompliziert angegangen. Die hätten Sue ausspioniert und wären dann kurzerhand in den Stall marschiert und hätten sich bedient. Wie einfach das ist, wissen wir doch alle.“

Wo Ayla Recht hatte, hatte sie Recht. Juliana sog nachdenklich Eisschokolade durch ihren Strohhalm.

„Trotzdem“, meinte sie dann. „Wir stecken in einer ...“ *Sackgasse*, wollte sie sagen, da klingelte Aylas Handy.

Ayla warf ihr einen entschuldigenden Blick zu und ging dran. „Hallo?“

Während sie in den Hörer lauschte, wurden ihre Augen immer größer. „Das gibt's doch nicht!“, rief sie so laut, dass die beiden älteren Damen am Nachbartisch irritiert zu ihr herüberblickten. „Das kann ja wohl nicht wahr sein.“

„Was ist denn los?“, fragte Juliana alarmiert, aber Ayla legte nur den Finger auf die Lippen und hörte weiter zu. „Sie sitzt mir gerade gegenüber“, sagte sie dann. „Wenn du willst, kannst du es ihr selbst sagen.“

Jetzt gab sie ihr Handy an Juliana weiter. „Es ist Fabian“, flüsterte sie.

„Rate mal, was passiert ist“, sagte Fabian.

„Keine Ahnung. Erzähl schon!“

„Nike ist wieder da. Als Sue und Stefan die anderen Pferde rausgebracht haben, stand sie auf der Weide. Unverletzt, ungerührt. Als ob nichts passiert wäre.“

„Das ist ja wohl der Hammer!“, rief Juliana.

Die Damen am Nachbartisch schüttelten empört die Köpfe.

„Wo war Nike denn?“, fragte Juliana etwas leiser.

„Ja, wenn sie nur reden könnte ... Aber jetzt kommt endlich her! Sue wundert sich ohnehin schon, wo du die ganze Zeit steckst.“

„Seid ihr sicher, dass es Nike gut geht?“

„Mein Vater hat sie gerade untersucht. Sie ist tipptopp in Ordnung."

„Ich fass es nicht", sagte Juliana, nachdem sie aufgelegt hatte. „Warum hat Blackrider Nike zurückgebracht?"

„Warum hat er sie überhaupt entführt?", fragte Ayla zurück.

Juliana winkte dem Kellner. „Wir möchten zahlen."

„Was hast du denn vor?", fragte Ayla.

„Ich muss zu Nike. Sofort!"

„Ich dachte, du hast das ganze Wochenende Ranchverbot?"

„Das ist doch vollkommen egal. Nike ist jetzt wichtiger als alles andere."

Noch mehr Rätsel

Juliana hatte eigentlich vorgehabt, noch einmal allein mit ihrer Mutter zu reden. Ihr Vater hatte geplant, am Vormittag zu einem Kongress nach Hamburg zu fahren, die Chancen, ihre Mutter allein anzutreffen, standen also ganz gut. Aber als sie den Wagen ihres Vaters in der Auffahrt stehen sah, löste sich ihre Hoffnung in Luft auf. Er war ganz offensichtlich doch nicht gefahren.

Unschlüssig trat sie von einem Bein auf das andere. Sollte sie hineingehen und riskieren, dass ihr Vater immer noch schlechte Laune hatte? Wenn sie ihn jetzt auf dem falschen Fuß erwischte, dann würde er sie unter Umständen für die ganze nächste Woche zu Hausarrest verdonnern.

Offiziell verbrachte Juliana den Vormittag bei Ayla, sie musste erst zum Mittagessen wieder zu Hause sein. Wenn sie vorher noch auf der Ranch vorbeischaute, würden ihre Eltern das gar nicht merken.

Zu dumm, dass sie ihr Fahrrad nicht hatte. Zu Fuß würde sie doppelt so lange für den Weg brauchen. Hoffentlich ist es inzwischen nicht geklaut worden, dachte sie, als sie sich in Bewegung setzte. Bisher hatte sie ihren Eltern noch nicht einmal gebeichtet, dass ihr Handy und ihr Portmonee weg waren. Hauptsache, Nike war wieder aufgetaucht.

„Hi, lange nicht gesehen!" Neben ihr hielt ein Moped. John schob das Visier seines Helms nach oben.

„Hi, John!" Das ist *die* Chance, dachte Juliana und lächelte ihn an. Vielleicht hatte John ja Lust, einen kurzen Abstecher zur Ranch zu machen.

„Wie geht's?", fragte John.

„Geht so. Ich hab mein Rad gestern auf der Ranch gelassen und jetzt darf ich zu Fuß hingehen, um es abzuholen."

„Soll ich dich eben bringen?"

Bingo! „Das wäre super."

„Warte hier. Ich hol dir einen Helm und bin sofort wieder zurück."

„Kannst dich ruhig bei mir melden, wenn du mal wieder eine Mitfahrgelegenheit brauchst", sagte er, als er sie kurz darauf vor der Sunshine Ranch absetzte. „Ich fahr dich gern."

„Echt? Das ist supernett."

„Gar kein Problem, solange dein Freund nichts dagegen hat."

„Mein Freund? Ich hab gar keinen Freund."

„Nee? Ich dachte, du hättest was mit dem Typen, der immer vor eurem Haus rumlungert. Der scheint auf jeden Fall mächtig verknallt in dich zu sein, so oft wie er da abhängt."

„Vor unserem Haus? Was für ein Typ? Wie sieht der denn aus?"

„Ziemlich groß und dünn. Dunkle Haare. Hat immer 'ne rote Jacke an."

Fabian. Kein Zweifel, das war Fabian!

„Kennst du den?", fragte John neugierig.

„Nee", meinte Juliana hastig. „Keine Ahnung, wer das ist."

Ihr Kopf dröhnte, als ob ihr Blackrider gerade noch einen Hieb versetzt hätte. Fabian. Vor ihrem Haus. Er hatte sie ausspioniert.

Hastig verabschiedete sie sich von John. Ihr Traum hatte ihr die Wahrheit gesagt. Tief in ihrem Innersten hatte sie schon lange gewusst, dass Fabian sie von Anfang an hereingelegt hatte.

„Ich kann mir zwar immer noch nicht vorstellen, was er vorhat, aber dass er hinter der ganzen Sache steckt, daran gibt es jetzt keinen Zweifel mehr."

Juliana und die anderen Pferdemädchen saßen auf den Heuballen hinter dem Stall und Juliana berichtete von ihren neuesten Erkenntnissen. Auch Viktor und Tom waren zu dem Treffen gekommen, nur Fabian hatte keine Ahnung von der Besprechung. Er gab den Anfängern Reitunterricht.

„Ich weiß nicht. Nur weil dieser John einen Jungen in einer roten Jacke vor eurem Haus gesehen hat, verdächtigst du jetzt Fabian?“, fragte Tori. Dass du zu ihm hältst, war ja klar, dachte Juliana und fühlte auf einmal eine große Wut in sich aufsteigen.

„Ich glaube, dass er nicht nur *vor* unserem Haus gestanden hat. Sondern dass er auch drin war.“

„Wie meinst du das?“

„Er war an meinem Computer. Daher wusste er von dem Forum.“

„Ach, komm! Das glaubst du doch selbst nicht“, meinte Sina. „Warum hätte er das tun sollen? Dieser ganze Aufwand! Er hätte Nike doch jederzeit selbst aus dem Stall holen können. Und wie bitte schön soll er unbemerkt in euer Haus und an deinen Computer gekommen sein?“

„Ich sag doch, ich hab keine Ahnung, wie oder warum er das gemacht hat“, erklärte Juliana gereizt. „Aber ich bin mir ziemlich sicher, dass er etwas mit der Sache zu tun hat.“

„Wer ist eigentlich dieser John?“, fragte Ayla.

„Das ist der Sohn unseres Nachbarn.“

„Vielleicht steckt der ja hinter der Entführung.“

„So ein Quatsch. John ist in Ordnung und er hat überhaupt nichts mit der Ranch zu tun.“ Empört schüttelte Juliana den Kopf.

„Genau. Im Gegensatz zu Fabian kennt er sich hier

nicht aus. Deshalb wollte er, dass du Nike für ihn entführst", sagte Tori.

„Ach. Und warum hat er sie dann wieder zurückgebracht?"

„Keine Ahnung", gab Tori zu. „Aber auf jeden Fall ist er genauso verdächtig wie Fabian."

„Wisst ihr, was ich glaube?", meinte Ayla jetzt. „Die ganze Geschichte hat gar nichts mit Nike zu tun. Es geht um Juliana."

„Um mich?", fragte Juliana entgeistert. „Wie meinst du das?"

„Vielleicht war Nikes Entführung eine Art Botschaft an dich. Eine Warnung oder so was."

„Eine Warnung wovor?"

„Keine Ahnung. Das müsstest *du* uns sagen. Denk doch mal nach. Hat irgendjemand aus deinem Bekanntenkreis einen Grund, dir zu schaden?"

„Nicht dass ich wüsste", sagte Juliana unbehaglich.

„Vielleicht nehmen wir das Ganze ja auch viel zu ernst", überlegte Myriam. „Im Grunde ist doch gar nichts passiert. Nike ist wieder da und Juliana ist mit einem Schrecken davongekommen. Das ist das Wichtigste. Wahrscheinlich werden wir nie erfahren, wer sich diese schwachsinnige Aktion ausgedacht hat."

Tori rutschte von ihrem Heuballen. „Myriam hat Recht. Vermutlich ist es das Klügste, wenn wir die Geschichte so schnell wie möglich vergessen. Du hältst dich von diesem Forum fern und gut ist's. Ich muss jetzt los, hab gleich Reitunterricht."

„Ich muss auch weg", sagte Sina. „Ach, und du sollst übrigens zu Sue kommen, Juliana. Sie will unbedingt mit dir über Nike sprechen."

„Was ist? Willst du nicht zu Sue?", fragte Ayla, als die anderen weg waren und Juliana keine Anstalten machte, sich zu erheben.

„Nein." Juliana schüttelte den Kopf. „Sie will mir bestimmt nur wieder sagen, dass sie Nike weggeben will. Nee, danke."

„Du kannst ihr nicht ewig aus dem Weg gehen", gab Ayla zu bedenken. „Erzähl ihr doch einfach, was passiert ist. Vielleicht weiß sie, was das Ganze soll."

„Glaub ich nicht. Und ihre Entscheidung wird sie auch nicht ändern." Juliana warf einen Blick auf die Uhr. „Ich muss nach Hause. Wir essen gleich. Kommst du mit?"

Ayla schüttelte den Kopf. „Mir ist gerade was eingefallen. Ich hab doch ein Foto von Fabian auf meinem Handy! Das haben wir vergessen, Bergerhausen zu zeigen. Ich gehe noch mal bei ihm vorbei. Vielleicht kennt er ihn ja. Das wäre doch ein Anhaltspunkt."

Juliana zuckte mit den Schultern. „Ob das was bringt?"

„Keine Ahnung. Aber so schnell geb ich nicht auf. Das könnte Blackrider so passen."

Beim Essen brachte Juliana kaum einen Bissen hinunter. Die ganze Zeit musste sie an Fabian denken. Ob er wirklich in ihrem Zimmer und an ihrem Computer gewesen war?

„Du isst ja gar nichts, Juliana", stellte ihre Mutter fest. „Ist irgendwas?"

„Alles okay." Hastig schob Juliana eine Gabel Gurkensalat in den Mund. Sonst fing ihre Mutter gleich wieder davon an, dass sie sie ins Krankenhaus bringen wollte.

„Sag mal", erkundigte sie sich mit vollem Mund, „war irgendjemand in letzter Zeit in meinem Zimmer? Ich meine, von meinen Freunden oder so?"

„Na hör mal, ich würde doch niemanden in dein Zimmer lassen, wenn du nicht da bist. Wieso willst du das wissen? Fehlt irgendwas?"

„Nee, war nur so ein Gedanke."

Ihre Mutter zog misstrauisch die Brauen hoch. Gott sei Dank begann Johann von einem Hockeyturnier zu erzählen, an dem er teilnehmen wollte. Das lenkte sie wieder ab.

Herr Melzer schien ebenfalls keinen Hunger zu haben. Er stocherte in seinem Kartoffelbrei, als wunderte er sich darüber, was die fremdartige Substanz auf seinem Teller zu suchen hatte.

Juliana dachte an Nike. Bevor sie nach Hause gefahren war, war sie noch zur Weide gegangen und hatte sie besucht. Die Stute war quer über die Wiese auf Juliana zugaloppiert, als sie sie am Zaun gesehen hatte. „Möchte bloß mal wissen, was du erlebt hast“, hatte Juliana gemurmelt, während sie ihr Gesicht in der weißen Mähne des Haflingers verbarg.

Nike hatte den Kopf gehoben und Juliana mit ihren klugen braunen Augen angesehen. Ich würde dir alles erzählen, sagten die Pferdeaugen. Aber du verstehst mich ja nicht.

Als sie den Tisch abräumten, rief Ayla an. „Gut, dass ich noch mal zu Bergerhausen gegangen bin. Das war ein Volltreffer!“, jubelte sie.

„Ehrlich? Erzähl!“ Juliana verschwand mit dem Telefon in ihrem Zimmer.

„Ich hab Bergerhausen das Foto gezeigt. Und er hat Fabian sofort wiedererkannt.“

„Woher kennt er ihn denn?“

„Fabian hat vor einem Jahr ein Schülerpraktikum in Bergerhausens Fabrik gemacht. Das war kurz bevor der Betrieb aufgekauft wurde. Aber er hat sich so unmöglich benommen, dass sie ihn rausgeschmissen haben.“

„Was hat er denn gemacht?“

„Das wollte mir Bergerhausen nicht sagen. Er fing direkt wieder mit dem blöden Datenschutz an und dass er Fabian ja nicht schaden wolle. Nur so viel: Fabian kam wohl immer zu spät zur Arbeit, war unzuverlässig und frech. Mehr war nicht aus ihm rauszukriegen."

„Das ist ja schon eine ganze Menge. Wow! Jetzt ist es glasklar, dass es Fabian war, der mich in die Fabrik gelockt und niedergeschlagen hat."

„Nur warum er es getan hat, wissen wir immer noch nicht. Ich hab aber eine Idee, wer uns da weiterhelfen kann."

„Wer denn?"

„Dr. Knopfler. Fabians Vater. Er spielt das Spiel doch mit. Er hat Sue erzählt, dass Fabian vor ein paar Wochen zu ihm gezogen ist, nachdem er vorher bei seiner Mutter gewohnt hat."

„In Kanada", sagte Juliana nachdenklich.

„Was?"

„Fabian hat mir erzählt, dass er die letzten fünf Jahre in Kanada verbracht hat. Aber dort hat er sich so mit seinem Stiefvater gestritten, dass der ihn rausgeworfen hat. Deshalb ist er nach Deutschland gekommen ..."

„Das hat er gesagt? Mir hat er erzählt, dass er in Köln gewohnt hat."

„Ich wette, dass nicht ein Wort davon wahr ist."

„Auf jeden Fall war er letztes Jahr schon einmal hier in Deutschland. Er hat das Schülerpraktikum bei Bergerhausen gemacht. Bis man ihn gefeuert hat. Doch das hat Dr. Knopfler uns verschwiegen."

„Und jetzt willst du zu ihm rennen und ihm alles

erzählen?“ Juliana gefiel die Idee ganz und gar nicht. Hoffentlich kam nie jemand auf den Gedanken, *ihren* Vater aufzusuchen, um sie anzuschwärzen.

„Na klar!“

„Ich weiß nicht. Ich will Fabian nicht verpetzen.“

„Verpetzen? Hier geht’s doch nicht darum, dass Fabian mal die Hausaufgaben abgeschrieben hat. Er hat dich in eine Falle gelockt, niedergeschlagen und dein Pferd geklaut. Wir müssen wissen, warum er das getan hat. Und sein Vater kann uns da weiterhelfen, da bin ich mir ganz sicher.“

Juliana seufzte.

„Mach dich schon mal fertig. Ich bin in fünf Minuten bei dir und hol dich ab“, verkündete Ayla.

Fabians Geheimnis

Das kleine Haus des Tierarzts sah aus wie das Knusperhäuschen aus Hänsel und Gretel. Nur ohne Süßigkeiten. Die Wände beugten sich schief und krumm in alle Richtungen und die Fassade hätte dringend einen neuen Anstrich gebrauchen können. Im Garten neben dem Haus blühten Disteln und Löwenzahn, die Zweige eines knorpeligen alten Baumes waren von Efeu überwuchert.

„Bist du sicher, dass wir hier richtig sind?", fragte Juliana. An der Klingel neben der Tür fehlte das Namensschild.

„Ganz sicher. Vor ein paar Monaten hat mich Sue mal hierher geschickt, um ein Rezept abzuholen." Ayla drückte auf den Klingelknopf. „Hoffentlich ist Knopfler zu Hause."

„Und hoffentlich ist Fabian *nicht* zu Hause", ergänzte Juliana.

„Fabian ist unterwegs. Ich hab heute Morgen zufällig gehört, dass er sich mit Tori verabredet hat. Sie wollten sich um zwei ein Kricketspiel ansehen."

Autsch. Da war er wieder. Der Stich, den Juliana immer spürte, wenn Fabian und Tori in einem Atemzug genannt wurden. Daran hatte sich nach wie vor nichts geändert – dabei war Fabian ein Schuft, ein Verbrecher, der sie aufs Übelste reingelegt hatte.

„Wir sollten Tori vor ihm warnen", sagte sie.

„Erst wenn wir wissen, was Fabian für ein Spiel spielt", erklärte Ayla. „Vorher wird sie uns kein Wort glauben. Die ist schließlich total in ihn verknallt, das sieht man sofort."

Total verknallt. Aylas Worte hallten in Julianas Ohren, als Dr. Knopfler die Tür öffnete. Und Fabian, war er auch verknallt in Tori?

„Hallo, ihr beiden. Gibt es ein Problem auf der Ranch?" Dr. Knopfler nahm er seine Lesebrille ab und steckte sie in die Hemdtasche.

„Auf der Ranch?", fragte Juliana verwirrt. „Nein."

Ayla versetzte ihr einen leichten Stoß in die Rippen. „Mit den Pferden ist alles okay. Wir wollten fragen, ob wir mal mit Ihnen reden können."

„Sicher. Kommt rein."

So weit, so gut. Und jetzt? Juliana beschloss, erst mal den Mund zu halten und Ayla das Wort zu überlassen. Leider schien Ayla die gleiche Strategie zu verfolgen. Sie starrte so gebannt auf ihre Fingernägel, als sähe sie sie zum ersten Mal in ihrem Leben.

„Kann ich euch etwas zu trinken anbieten?", fragte

Dr. Knopfler, nachdem sie in seinem winzigen Wohnzimmer Platz genommen hatten. Der Raum war vollgestopft mit Möbeln, Büchern, schmutzigen Kaffeetassen und Wollmäusen. Männerwirtschaft, hätte Julianas Mutter gesagt.

„Nein, danke", meinte Ayla und Juliana murmelte zustimmend. Dann schwiegen sie wieder.

Der Tierarzt räusperte sich. „Also, was kann ich für euch tun?"

„Also", begann Juliana. Ein letzter Hilfe suchender Blick zu Ayla, aber ihre Freundin betrachtete immer noch ihre Fingernägel. Warum hatten sie bloß vergessen, sich eine Strategie zurechtzulegen? „Es geht um Fabian."

„Fabian?" Auf einmal hatte sie Dr. Knopflers volle Aufmerksamkeit. „Was ist mit ihm?"

„Auf der Ranch sind in der letzten Zeit ein paar seltsame Dinge passiert. Und wir fragen uns, ob Fabian vielleicht ... mehr darüber weiß." Das war sehr diplomatisch ausgedrückt, fand Juliana. Ayla schien das Gleiche zu denken, jedenfalls nickte sie heftig.

„Seltsame Dinge?", wiederholte Dr. Knopfler. „Damit hat Fabian nichts zu tun. Was wollt ihr denn von ihm? Kommt bitte endlich zur Sache."

Was war denn plötzlich mit dem netten Tierarzt los? Sein Gesicht war dunkelrot angelaufen. An seiner Schläfe pochte eine Ader. Dr. Knopfler sah aus wie Julianas Vater, kurz bevor er lostobte.

Ayla war die beunruhigende Wandlung ebenfalls nicht entgangen.

„Vielleicht haben Sie ja mitbekommen, dass Nike entführt worden ist", erklärte sie hastig. „Ein Unbekannter hat Juliana mit Nike zu Bergerhausen gelockt, das ist die Fabrik, in der Fabian vor einem Jahr mal gearbeitet hat. Dort wurde sie niedergeschlagen und als sie wieder aufwachte, war Nike weg."

„Und das soll Fabian getan haben?", fragte Dr. Knopfler. „Das ist doch lachhaft! Habt ihr irgendeinen Beweis für eure Behauptungen?"

Wie laut seine Stimme jetzt war. Julianas Arme überzogen sich mit einer Gänsehaut. Ihr Herz raste. Aber Ayla schien das Gebrüll überhaupt nicht zu beeindrucken.

„Wir wissen nicht, was Fabian getan hat. Deshalb sind wir ja hier. Um herauszufinden, was wirklich geschehen ist."

„Fabian ist ein guter Junge. Ich verstehe nicht, warum alle Welt ihm ständig unterstellen will …" Dr. Knopflers Stimme überschlug sich. Er verstummte und vergrub den Kopf in den Händen. Juliana und Ayla wechselten einen alarmierten Blick

„Herr Knopfler?", fragte Ayla. „Was ist mit Fabian?" Langsam hob er den Kopf und sah sie an. Er wirkte mit einem Mal sehr erschöpft. „Ich rede mit ihm", sagte er leise. „Ich bin ganz sicher, dass er nichts mit der Sache zu tun hat, überhaupt nichts. Fabian ist ein guter Junge." Dann erhob er sich. Nach kurzem Zögern standen auch die beiden Mädchen auf.

„Fabian hat mir erzählt, dass er bis vor Kurzem in Kanada gelebt hat", sagte Juliana, als sie schon im Flur standen. „Ihre Exfrau hat angeblich einen Kanadier geheiratet. Ist das wahr?"

„Das hast du sicherlich falsch verstanden", sagte Dr. Knopfler. „Ich muss jetzt ... Ich habe leider keine Zeit mehr für euch." Er öffnete die Haustür und machte eine auffordernde Geste.

„Tja, dann ... gehen wir wohl wieder." Ayla zuckte mit den Schultern und verließ das Haus. „Ich glaube zwar nicht, dass Sie Fabian damit einen Gefallen tun ..."

„Auf Wiedersehen." Dr. Knopfler schob auch Juliana nach draußen. Sie hatte die Schwelle kaum überschritten, als sich die Tür hinter ihr schloss.

„Meine Güte, Fabian scheint ja ganz schön was auf dem Kerbholz zu haben", meinte Juliana beeindruckt.

„Aber was?" Ayla schüttelte den Kopf. „Aus seinem Vater ist jedenfalls nichts rauszukriegen."

„Er hat Angst", sagte Juliana. „Ich frag mich nur, wovor."

„Keine Ahnung. Aber Knopfler wird es uns bestimmt nicht verraten. Wer könnte sonst noch etwas über Fabians Vergangenheit wissen?"

Plötzlich packte Juliana Aylas Arm und drückte ihn so fest, dass diese leise aufschrie.

„Spinnst du? Du tust mir weh!"

„Sorry." Juliana hob entschuldigend die Hände. „Mir ist nur eingefallen, was du vorhin gesagt hast. Dass Fabian mit Tori zu einem Kricketspiel wollte."

„Na und?"

„Cricket ist doch ein total seltener Sport, oder?"

„Ich glaube schon. Ich weiß ehrlich gesagt gar nicht genau, was man da macht. Und ich kenn auch keinen, der das spielt."

„Ich schon. Jan Dübbers."

„Hä? Wer ist das denn?"

„Den Namen hast du doch selbst aufgeschrieben. Das ist der Junge, dessen Name Blackrider benutzt hat, als er sich mit mir verabredet hat."

„Der aufs Humboldt-Gymnasium geht? Ja, richtig, jetzt erinnere ich mich."

„Jan hat erzählt, dass er Kricket spielt. Und nun geht Fabian mit Tori zu einem Kricketspiel. Das kann doch kein Zufall sein."

Ayla nickte nachdenklich. „Ich denke, wir sollten Jan noch mal anrufen."

Aber Jan Dübbers war nicht zu Hause. „Er ist beim Kricket", erklärte seine Mutter den Freundinnen am Telefon. „Müsste ab fünf wieder da sein."

„Natürlich“, rief Juliana. „Das hab ich ganz vergessen! Das Spiel. Jan hat mir doch gesagt, dass es heute stattfindet. Zu dumm, jetzt verpasse ich es.“

„Bist du denn eine Freundin von Jan?“, fragte Frau Dübbers verwundert. „Mir sagt dein Name nichts.“

„Jan und ich kennen uns auch noch nicht so lange“, erklärte Juliana. „Ich bin mit Fabian Knopfler befreundet und über Fabian hab ich Jan kennengelernt.“

Stille. War Jans Mutter der Hörer aus der Hand gefallen? Hatte sie plötzlich das Interesse an dem Gespräch verloren oder das Bewusstsein?

„Hallo? Sind Sie noch dran?“, erkundigte sich Juliana.

„Fabian Knopfler.“ Frau Dübbers' Stimme klang auf einmal verunsichert. „Ist der denn etwa wieder im Lande?“

„Na klar.“ Juliana schwitzte. Jetzt nur nichts Falsches sagen. „Ich ... äh ... kenn Fabian nicht so gut.“ Sie räusperte sich. „Stimmt was nicht mit ihm?“

Jans Mutter zögerte. „Ich will jetzt nicht über ihn herziehen. Fabian ist eine Zeit lang mit Jan in die Klasse gegangen. Und Kricket haben sie auch zusammen gespielt. Aber Fabian hat nichts als Probleme gemacht. Alkohol, Drogen, Schuleschwänzen – er hat nichts ausgelassen. Die Lehrer haben alles Mögliche versucht, um ihn wieder zur Vernunft zu bringen. Doch es hat nichts genützt. Am Ende ist er geflogen. Anfang des Jahres war das."

„Und dann?", fragte Juliana atemlos.

„War er weg. Von einem Tag auf den anderen. Auch Jan hat nichts mehr von ihm gehört. War mir auch lieber so, ehrlich gesagt. Dass er jetzt wieder aufgetaucht ist, wundert mich sehr."

„Komisch", sagte Juliana. „Davon hat er mir überhaupt nichts erzählt."

„Na, mit solchen Dingen brüstet man sich eben nicht. Vielleicht ist es ja auch nicht richtig, dass ich dir das alles sage. Jeder Mensch verdient eine zweite Chance. Aber man sollte schon wissen, mit wem man es zu tun hat, oder?"

„Das sehe ich genauso", pflichtete Juliana ihr bei. „Mir hat Jan erzählt, dass er in Kanada war. Wissen Sie was darüber?"

„Kanada? Keine Ahnung. Vielleicht ist das wieder eine dieser Geschichten, mit denen er sich wichtig machen will." Frau Dübbers seufzte. „Na, auf jeden Fall bin ich alles andere als begeistert davon, dass er wieder Kontakt zu Jan aufgenommen hat. Als Mutter macht man sich ja schon so seine Gedanken."

„Aber Sie haben doch gerade gesagt, dass jeder Mensch eine zweite Chance verdient." Juliana wunderte sich über sich selbst. Warum verteidigte sie Fabian jetzt auch noch? Und warum war sie auf einmal so wütend auf Frau Dübbers? „Wissen Sie was? Sie können mir gar nichts erzählen. Fabian hat vielleicht in der Vergangenheit eine Menge Fehler gemacht. Aber er hat sich verändert. Also, ich finde ihn echt nett."

Dann legte sie auf.

Ayla sah sie mit hochgezogenen Augenbrauen an. „Du findest Fabian *echt nett*?", fragte sie ironisch. „Wir meinen schon beide den gleichen Fabian, oder? Den Fabian, der dich in stockdunkler Nacht bewusstlos geschlagen und beraubt hat. Den findest du nett?"

„Hab ich doch nur so gesagt." Juliana spürte, wie sie rot wurde. „Themawechsel", forderte sie dann. „Wie kriegen wir jetzt die ganze Wahrheit über Fabian raus?"

Ayla dachte nach. Dann verdüsterte sich ihr Gesicht. „Da fällt mir spontan nur ein Name ein. Auch wenn es mich schüttelt, wenn ich daran denke."

„Du meinst doch nicht etwa …"

„Die Fischers", nickte Ayla. „Doch, genau die. Wenn die Fabians Geheimnis nicht kennen, dann kennt es keiner."

Die Nachbarn der Sunshine Ranch hatten es sich zur Lebensaufgabe gemacht, Sue das Leben zur Hölle zu machen. Ständig lagen die beiden Rentner der Ranchbesitzerin mit ihren Nörgeleien und Beschwerden in den Ohren. Sie meckerten, dass die Hühner zu laut gackerten oder die Pferde stanken, dass der Kirschbaum zu weit über die Grundstücksgrenze wucherte und dass beim Kinderreiten zu laut gelacht wurde. „Mein Mann hatte neulich wieder einen Hörsturz wegen dem ständigen Lärm“, hatte Frau Fischer Sue vor Kurzem vorgeworfen. „Sie bringen uns noch ins Grab.“

„Ich versteh immer noch nicht, wie du darauf kommst, dass die beiden etwas über Fabian wissen könnten“, meinte Juliana zweifelnd, als sie vor dem Einfamilienhaus der Fischers von den Rädern stiegen. Der Kontrast zu Dr. Knopflers Hexenhütte hätte nicht größer sein können. Hier gab es keine schiefen Wände oder staubige Ecken. Alles war akkurat geordnet, perfekt aufgeräumt und blitzblank geschrubbt.

„Die Fischers sind mit Knopflers Vater befreundet“, erklärte Ayla. „Na ja, befreundet ist vielleicht zu viel gesagt. Solche Leute haben keine Freunde. Aber Herr Fischer und Herr Knopfler senior haben mal im gleichen Betrieb gearbeitet oder so.“

„Woher weißt du das denn?“

„Ich hab doch mal bei denen geputzt, schon vergessen?“

„Ach ja.“ Jetzt erinnerte sich Juliana wieder. Vor einem Jahr hatte jemand verdorbenes Pferdefutter auf der Sunshine Ranch deponiert, und um herauszufinden, ob die Fischers etwas damit zu tun hatten, hatten die Pferdemädchen Ayla zu ihnen geschickt – getarnt als türkische Putzfrau. Allerdings hatten die Rentner Ayla gleich am ersten Tag wieder entlassen.

„Der schlimmste Tag meines Lebens", stöhnte Ayla.

„Für die Fischers wahrscheinlich auch", kicherte Juliana. „Vielleicht wäre es ja klüger, wenn ich allein mit ihnen …"

Zu spät. Frau Fischer hatte wohl wieder mal am Fenster gesessen und die Straße beobachtet. Bevor Juliana und Ayla sich der Klingel auch nur genähert hatten, riss sie die Tür auf und starrte die Freundinnen feindselig an. „Was wollt ihr?"

Genau das fragte Juliana sich auch. Hoffentlich hatte Ayla wenigstens diesmal einen Plan und überließ nicht wieder Juliana die ganze Arbeit.

„Frau Fischer!" Ayla setzte ein alarmiertes Gesicht auf. „Gott sei Dank! Ich hab schon befürchtet, Sie wären nicht zu Hause."

Die Augen der Ranchnachbarin verengten sich zu Schlitzen „Ist etwas passiert?"

„Das kann man wohl sagen." Ayla machte eine bedeutungsschwere Pause.

Sie hat keine Ahnung, wie sie weitermachen soll, dachte Juliana erschrocken. Und ihr selbst ging es nicht anders. Ihr Kopf war wie leer gefegt. Frau Fischer zu überrumpeln und direkt nach Fabian zu fragen, war bestimmt eine schlechte Idee. Vermutlich würde sie ihnen einfach die Tür vor der Nase zuknallen.

„Ich höre“, sagte Frau Fischer drohend. In ihrem Gesicht spiegelten sich Misstrauen, Ungeduld und Neugierde.

Ayla räusperte sich.

Sag was, los, sag was, beschwor Juliana sie in Gedanken.

„Juliana“, meinte Ayla freundlich. „Willst du das Ganze nicht erzählen? Du hast es doch quasi miterlebt.“

Juliana schwitzte. Eine Idee, eine Lösung, ein Geistesblitz. Schnell!

Klatsch und Tratsch, dachte sie plötzlich, das ist das Einzige, was die Fischers interessiert. Wenn wir sie irgendwie ködern können, dann damit.

„Ich … äh … Also, es geht um unseren neuen Reitlehrer. Er ist weg.“

„Ja und?“ Frau Fischer lachte meckernd. „Soll ich etwa Reitunterricht geben?“

„Nein, nein“, sagte Juliana schnell. „Es ist nur so, dass …“

„… die Kasse ebenfalls weg ist. Mit allen Einnahmen des letzten Monats. Hunderte von Euro“, fiel Ayla ein. „Es muss ja nicht sein, dass Fabian etwas damit zu tun hat. Keiner von uns kann sich das vorstellen, aber –“

„Fabian“, unterbrach Frau Fischer sie. „Fabian Knopfler? Meinst du den?“

Juliana und Ayla nickten im Gleichtakt. Juliana atmete auf. Sie hatte angebissen.

„Edgar!“, schrie Frau Fischer unvermittelt, ohne dabei den Kopf zu drehen. Sekunden später tauchte ihr Mann im Hausflur auf, als habe er bereits an der Wohnzimmertür gewartet.

„Der junge Knopfler hat wieder Geld gestohlen“, teilte ihm seine Frau mit. „Genau, wie wir es gesagt haben.“

Herr Fischers Augen begannen zu leuchten. „Wusste ich es doch.“

„Kennen Sie Fabian etwa?“, fragte Ayla in gespielter Aufregung.

„Und ob wir den kennen!“, rief Herr Fischer. „Das Bürschchen, das Früchtchen, der Tunichtgut. Seit er elf ist, macht er seinen Eltern und Großeltern nichts als Kummer. Geht nicht zur Schule, treibt sich rum, trinkt und raucht und stiehlt. Die Schulen, von denen er geflogen ist, kann man gar nicht mehr zählen.“

„Es hat alles damit angefangen, dass sich die Eltern haben scheiden lassen“, raunte seine Frau. „Der Vater blieb hier wohnen, die Frau ist mit dem Kleinen in die Stadt gezogen. Sie hatte einen Liebhaber, aber das hielt nicht lange, und schon hatte sie wieder einen neuen Freund …“

„So was verkraftet ein Kind nicht“, sagte ihr Mann.

„Wissen Sie, wo die Exfrau von Knopfler heute wohnt?“, fragte Ayla.

„Weg ist sie. Über alle Berge. Hat einen Ami geheiratet und die Fliege gemacht.“

„Einen Ami?“, fragte Juliana. „Vielleicht aus Kanada?“

„Ein Ami eben. Hab ihn nicht nach seiner Adresse gefragt“, knurrte Herr Fischer.

„Ihren Sohn hat sie auch nicht mitgenommen. Um den durfte sich von da an der Vater kümmern“, fügte seine Frau hinzu.

„Aber jetzt ist er ihn ja wohl bald wieder los“, erklärte Herr Fischer. „Wenn die Sache mit dem geklauten Geld rauskommt, landet der Bursche endgültig im Erziehungsheim.“

„Wird auch höchste Zeit“, sagte seine Frau. „Bei solchen Typen kommt man nur mit Strenge weiter.“

„Wir wissen noch gar nicht genau, ob er das Geld wirklich gestohlen hat“, sagte Ayla hastig.

Herr Fischer lachte laut. „Wer soll es denn sonst genommen haben?“

„Wir werden der Polizei auf jeden Fall empfehlen, die ganze Nachbarschaft gründlich unter die Lupe zu nehmen“, sagte Juliana. „Man guckt den Leuten ja immer nur vor die Stirn.“

Frau Fischer nickte zustimmend, bis ihr aufging, was Juliana da andeutete. Empört sah sie ihren Mann an. „Was sagst du dazu, Edgar?“, stammelte sie.

Nichts. Dazu sagte Herr Fischer gar nichts. Ihm fehlten ganz offensichtlich die Worte.

„Schönen Tag noch“, sagte Juliana.

Dann machten sie und Ayla, dass sie davonkamen.

Der Abgrund

„Ich bin froh, dass wir ausgeritten sind“, sagte Ayla, während sie mit der Kartätsche über Saphirs Hals rieb. „Ich hab das Gefühl, endlich wieder klar denken zu können.“

Juliana zuckte mit den Schultern. Eine Stunde lang waren Ayla und sie durch den Wald galoppiert. Aber im Gegensatz zu Ayla hatte der Ausritt ihr nicht dabei geholfen, ihre Gedanken zu ordnen. Sie schwirrten nach wie vor in ihrem Kopf herum wie Fliegen um einen Pferdeapfel.

Nachdenklich fuhr sie mit dem Striegel über Nikes Flanke. „Wie machen wir denn jetzt weiter?“

Im Wald hatte sie die ganze Zeit das Gefühl verfolgt, dass Fabian unmittelbar hinter ihr ritt und ihr etwas mitzuteilen versuchte. Es ist nicht so, wie du denkst, hörte sie ihn sagen. Jeder Mensch verdient eine zweite Chance.

So deutlich war das Gefühl gewesen, dass sie sich ein paarmal im Sattel umgedreht hatte. Aber natürlich war da keiner.

„Was für eine Frage! Wir reden mit Sue. Und sie muss dann entscheiden, was sie mit Fabian macht."

„Wir wissen immer noch nicht, warum er Nike entführt hat." Juliana warf den Striegel in den Putzkorb und holte den Mähnenkamm heraus.

„Aus Frust", erklärte Ayla. „Fabian war in dich verliebt. Als er merkte, dass er nicht bei dir landen kann, wurde er sauer und wollte dir eins auswischen. Da hat er sich übers Internet bei dir eingeschleimt und ist auf die Idee gekommen, Nike zu entführen."

„Aber warum hängt er dann ständig mit Tori rum, wenn er sich für mich interessiert?", fragte Juliana und spürte sofort wieder den vertrauten Stich in der Brust.

„Tarnung. Vielleicht schafft er es auch einfach nicht, Tori abzuschütteln. Du weißt doch, wie die ist."

„Hm."

„Sue und Stefan sind in der Stadt", sagte Ayla. „Die sind nicht vor sieben wieder zurück, hat Hannah gesagt. Am besten, wir gehen erst mal nach Hause und treffen uns heute Abend wieder hier. Vielleicht redest du ja inzwischen mal mit deinen Eltern und erzählst ihnen, was passiert ist. Früher oder später erfahren sie es ja doch."

Vielleicht wäre es noch besser, zuerst mal mit Fabian selbst zu reden, dachte Juliana. Aber dann dachte sie an den Überfall in der Fabrik, ihr Kopf begann zu dröhnen, und sie verwarf den Gedanken wieder. Wahrscheinlich war es wirklich vernünftiger, alles Weitere Sue zu überlassen.

Als Ayla weg war, kämmte sie Nikes Schweif aus. Von unten nach oben, genau wie Fabian es ihr gezeigt hatte. Die Stute stand ganz still, schnaubte leise und schien das Kämmen richtiggehend zu genießen.

Du Arme, dachte Juliana. Du hast keine Ahnung davon, dass deine Tage auf der Sunshine Ranch gezählt sind. Heute Abend würde ihr Sue bestimmt mitteilen, wann sie Nike auf den Lindenhof bringen wollte.

Vielleicht redest du besser mal mit deinen Eltern, hatte Ayla gesagt, als ob das so einfach wäre. Wenn Juliana ihrem Vater erzählte, dass sie sich mit einem Jungen getroffen hatte, den sie in einem Internetchat kennengelernt hatte, dann nahm er ihr wahrscheinlich zur Strafe den Computer ab und verbot ihr auch noch, zur Ranch zu gehen.

„Aber was interessiert mich die Ranch, wenn Nike nicht mehr da ist?", murmelte Juliana. „Ayla hat Recht: Früher oder später würden ihre Eltern die Wahrheit ja doch herausfinden. Jetzt wird endlich reiner Tisch gemacht!"

Ayla schnappte sich ihr Rad und trat kräftig in die Pedale. Je schneller sie zu Hause war, desto schneller konnte sie es hinter sich bringen.

Als sie übers Feld zur Siedlung fuhr, sah sie in der

Ferne ein gelbes Rennrad auftauchen, das ihr entgegenkam. Jetzt verschwand es wieder hinter einem hohen Busch. Julianas Herz schlug auf einmal wie rasend. Fabian, das war Fabian! Er wollte ganz offensichtlich zur Ranch. Ob er sie suchte? Vielleicht hatte er ja irgendwie erfahren, dass Ayla und sie ihm auf die Schliche gekommen waren.

Hinter der Kurve endeten die Büsche, sobald Fabian aufs freie Feld fuhr, würde er Juliana entdecken. Wenn er sie nicht schon längst gesehen hatte.

Ich muss weg hier und zwar schleunigst, dachte Juliana. Und es gab nur einen Ausweg: zurück zur Ranch. Dort konnte Fabian ihr nichts tun, da wäre sie in Sicherheit.

Juliana trat in die Bremsen und wollte wenden.

Aber auf dem Schotter, der die schmale Straße bedeckte, kam ihr Vorderrad ins Schleudern, das Hinterrad rutschte weg. Juliana fiel und schlitterte über den Weg. Einige Sekunden blieb sie wie betäubt liegen. Dann versuchte sie, sich hochzurappeln. Weg hier, nichts wie weg hier! Einmal hatte Fabian sie schon niedergeschlagen, ein zweites Mal durfte er sie nicht …

Neben ihr quietschten Fahrradreifen. Zu spät.

„Juliana! Was machst du denn? Hast du dir wehgetan?“

Fabian ließ sein Rad fallen und beugte sich zu ihr herunter. „Warte, ich helf dir.“

„Fass mich bloß nicht an, du Blödmann!“, zischte Juliana ihn an. Fabian fuhr so erschrocken zurück, als hätte sie ihn angespuckt.

„Was ist denn los? Stimmt was nicht?“

„Tu doch nicht so.“ Mühsam kam sie wieder auf die Beine. Ihre Knie bluteten, der rechte Arm war aufgescheuert und der linke Ellenbogen brannte höllisch. „Ich weiß Bescheid, du kannst dir das Theater sparen.“

Er wich noch ein paar Schritte zurück. „Was redest du da?“

„Ich weiß, dass du Nike entführt hast. Außerdem hast du überhaupt nicht in Kanada gelebt und die Geschichte mit deinem Stiefvater ist auch erfunden.“

„Was … Woher weißt du …?“

„Ich hab mit ein paar Leuten geredet. Mit deinem Freund Jan Dübbers zum Beispiel.“

„Du hast mit Jan gesprochen?“ Fabian war auf einmal totenbleich. „Verdammt. Ich wollte dich wirklich nicht belügen, aber ich hatte Angst …“

„*Du* hattest Angst?“, unterbrach ihn Juliana. „*Ich* hatte Angst, als du mich bei Bergerhausen niedergeschlagen hast.“

„Das war ich nicht, das musst du mir glauben.“ Jetzt kam Fabian wieder einen Schritt auf sie zu. „Ich könnte dir niemals weh tun, wirklich nicht. Dafür finde ich dich viel … viel zu nett.“

Was wollte er, zum Teufel? Was für eine bescheuerte

Idee, ihn hier auf dem freien Feld mit der Wahrheit zu konfrontieren. Wenn er nun ausrastete und sie fertigmachte? Vielleicht hatte er dieses Mal sogar ein Messer dabei, um sie ein für alle Mal zum Schweigen zu bringen.

Nein, dachte Juliana. Nicht mit mir. Angriff ist die beste Verteidigung. Ohne weiter darüber nachzudenken, setzte sie den Gedanken in die Tat um. Mit geballten Fäusten rannte sie auf Fabian zu und rammte ihm ihren Ellenbogen in die Magengrube. Als er zu Boden sank, kickte sie ihn noch in die Seite. Dann spurtete sie los.

Sie flüchtete zu Fuß, anstatt aufs Fahrrad zu springen, und das war ein Fehler, ein dummer, hirnverbrannter, bescheuerter Fehler. Mit dem Rad hätte sie eine Chance gehabt, aber zu Fuß war sie viel zu langsam. Noch lag Fabian keuchend am Boden, aber in Kürze würde der Schmerz nachlassen, dann würde er ihr nachfahren und sie einholen ... Juliana beschleunigte ihr Tempo. Ihre Lunge brannte, ihr Herz raste. Und ihre Beine wurden immer schwerer. Im Langstreckenlauf war sie noch nie gut gewesen. Im Sprinten allerdings auch nicht. Das wird nichts, dachte sie und merkte gleichzeitig, wie sie langsamer wurde.

Dann hörte sie hinter sich das Dröhnen eines Motors. Ein Auto näherte sich, das war die Rettung! Sie musste den Wagen anhalten und den Fahrer um Hilfe bitten. Keuchend blieb sie stehen und merkte, dass es ein Moped war. Es hatte sie schon fast erreicht.

„Halt!" Sie winkte hektisch. „Nicht weiterfahren!"

Der Mopedfahrer klappte das Visier hoch. John, es war John!

„Was ist denn mit dir los? Vor wem rennst du weg?", fragte er interessiert.

„Gott sei Dank!", keuchte Juliana. „Du musst mir unbedingt helfen!"

„Was gibt's denn? Du siehst total fertig aus!"

„Ich bin auch total fertig. Kannst du mich zur Polizei bringen?"

Nun verschwand das Grinsen aus seinem Gesicht. „Was willst du denn von den Bullen?"

„Frag nicht. Bring mich hier weg. Bitte!"

Er nickte hastig. „Steig auf."

Puh, das war knapp gewesen. Juliana klammerte sich mit beiden Händen an den Griff hinter ihrem Sitz. Was wohl geschehen wäre, wenn John nicht zufällig vorbeigekommen wäre und sie gerettet hätte? Nur nicht dran denken.

Eine Sache stand nun endgültig fest: Es reichte. Juliana würde zur Polizei gehen und auspacken. Sollten sie Fabian doch einsperren, sie hatte kein Mitleid. Er hatte sich das alles schließlich selbst eingebrockt.

Juliana machte einen kleinen Satz nach oben, als das

Moped über ein Schlagloch holperte. Hoppla! Schon wieder eines!

„Warum nimmst du denn nicht die Landstraße?“, schrie sie John zu.

Er brüllte etwas zurück, aber sie konnte nicht verstehen, was er sagte. Im Unterschied zu ihr trug er einen Helm. Wahrscheinlich war das auch der Grund, weshalb er die großen Straßen mied. Wenn man sie ohne Helm erwischte, würde es teuer werden. Als ob das in dieser Situation eine Rolle spielt, dachte Juliana. Gefahr im Verzug. Das entschuldigt ja wohl alles.

John setzte den Blinker und bog nach rechts ab. Was sollte das denn jetzt? Die Stadt lag doch vor ihnen, sie fuhren eindeutig in die falsche Richtung. Der Weg wurde auch immer holpriger und schmaler. Inzwischen rumpelte das Moped über eine Art Trampelpfad. Rechts und links des Weges wucherten Brombeersträucher. Juliana musste sich ständig ducken, damit sie die Ranken nicht vom Sitz fegten.

„Wo willst du denn hin?“, brüllte sie.

Obwohl sie nun ganz langsam fuhren, schien er sie nicht zu hören.

„John!“ Sie trommelte gegen seinen Rücken. Er reagierte immer noch nicht, schüttelte nur unwillig den Kopf.

Sie reckte den Hals und spähte über seine Schulter, als das Moped auf eine große Schotterfläche fuhr. Hohe

Pappeln umgaben den Platz von drei Seiten. Die vierte Seite war offen.

Sie waren an der großen Kiesgrube, die vor ein paar Jahren stillgelegt worden war.

Vor ihnen ging es steil in die Tiefe.

Ein paar Meter weiter und sie würden sich alle Knochen brechen.

John bremste scharf, stellte den Motor aus und nahm den Helm ab.

„Was soll das?“, fragte Juliana. „Hast du dich verfahren?“

Er drehte sich zu ihr um und grinste. „Keineswegs. Ich bin am Ziel.“

„Hä? Spinnst du?“

Dieses Grinsen. Es machte Juliana unsicher. Es machte ihr Angst.

„Was willst du von mir?“, fragte sie.

„Von dir?“ Er grinste noch breiter. „Nichts. Überhaupt nichts. Es geht nicht um dich, Juliana. Das müsstest du doch langsam kapiert haben.“

„Es geht um deinen Vater“, erklärte John, während er vom Moped stieg. „Er hat uns ruiniert. Und dafür wird er jetzt büßen.“

„Mein Vater …?“ Mitten im Satz musste Juliana vor Aufregung schlucken. Hatte John den Verstand verloren?

„Da bleibt dir die Spucke weg, was?“

Jetzt kletterte Juliana ebenfalls vom Sitz. „Was redest du denn da, John?"

„Ich erzähl dir jetzt mal ein schönes Märchen." John verschränkte die Hände im Nacken und räkelte sich so genüsslich, als säße er zu Hause auf dem Sofa. „Vor langer, langer Zeit lebte in Düsseldorf eine glückliche Familie, das waren die Schildocks. Sie wohnten in einem schönen Haus mit großem Garten. Der Vater verdiente gutes Geld und die Kinder hatten große Pläne. Besonders der älteste Sohn der Familie, denn der wollte Turnierreiter werden. Er war sehr talentiert und die Welt stand ihm offen. Aber dann geriet der Vater in Schwierigkeiten, weil ein böser, neidischer Nachbar behauptete, der Vater hätte ihn bedroht und verprügelt. Das stimmte aber nicht, denn in Wirklichkeit war der Vater der friedfertigste Mann der Welt. Der Neider hätte auch keine Chance gehabt, ihm irgendetwas in die Schuhe zu schieben, wenn da nicht noch ein anderer Mann gewesen wäre, nennen wir ihn …" John tat, als ob er nach einem Namen suchte, „… nennen wir ihn der Einfachheit halber Dr. Melzer. Dieser Dr. Melzer war ein Rechtsverdreher, der sich selbst als Anwalt bezeichnete. Und Dr. Melzer hat den armen Familienvater ruiniert."

„Ich versteh kein Wort", sagte Juliana und wunderte sich darüber, dass ihre Stimme so fest und sicher klang, obwohl sie am ganzen Körper zitterte. John war Blackrider, das war ihr jetzt klar. Und sie war zum zweiten Mal auf ihn hereingefallen. „Was willst du mir damit sagen?"

„Mein Vater brauchte einen Anwalt, deshalb hat er deinen Vater engagiert. Weil dein Alter so einen tollen Ruf als Strafverteidiger hatte. Aber kurz vor der Verhandlung hat er seinen Mandaten aus heiterem Himmel sitzen lassen. Die Sache war ihm wohl zu kompliziert geworden oder er hatte keine Lust mehr, vielleicht wollte er auch einfach mehr Geld, weiß der Teufel, was ihn dazu brachte, meinen Vater im Stich zu lassen!" Mit jedem Satz war Johns Stimme lauter geworden, nun schrie er fast.

„Auf jeden Fall saß mein Vater tief in der Scheiße. Der Prozess stand praktisch vor der Tür und er hatte keinen Anwalt mehr. Das Ende vom Lied war, dass er einen miesen, unfähigen Pflichtverteidiger bekam, seinen Prozess verlor und verurteilt wurde und in den Knast kam. Fünf Jahre haben sie ihm aufgebrummt, fünf lange verdammte Jahre. Und als er wieder aus dem Gefängnis kam, da war sein Haus weg und stattdessen hatte er einen Berg Schulden. Und sein ältester Sohn hatte längst kein Pferd mehr und konnte sich keinen Privattrainer mehr leisten und wurde auch kein weltberühmter Turnierreiter, sondern Heizungsanlagentechniker."

„Dafür kannst du doch meinen Vater nicht verantwortlich machen!", sagte Juliana empört. „Er hat seinen Mandaten bestimmt nicht sitzen lassen, weil er keine Lust mehr hatte. Hast du jemals mit ihm darüber gesprochen?"

„Du glaubst doch wohl nicht, dass mich seine schicke Sekretärin in sein schickes Büro gelassen hätte? Wir haben ihn nie wieder gesehen. Bis der Zufall es wollte und wir eure Nachbarn wurden. Diese Bruchbude neben eurem Haus konnten wir uns gerade noch leisten. Und jetzt dürfen wir jeden Tag auf eure schicke Villa glotzen. Schöne heile Welt. Papa geht jeden Morgen zur Arbeit, Mama putzt das Haus und das Töchterchen reitet." Johns Stimme war nicht mehr so laut, er sprach ganz leise. Dennoch klang er ungeheuer bedrohlich.

„Wenn du sauer auf meinen Vater bist, warum rächst du dich dann an mir?", fragte Juliana. „Ich kann doch wirklich nichts dafür! Ich wusste ja nicht mal davon."

„Was meinst du, wie traurig dein Vater für den Rest seines Lebens ist, wenn du in ein paar Minuten da unten in der Kiesgrube liegst? Er wird am Boden zerstört sein, genau wie du." John lachte. Er war ihr jetzt ganz nahe, ihre Nasen berührten sich fast.

Juliana brauchte ihre ganze Willenskraft, um nicht zurückzuweichen. Sie durfte ihm nicht zeigen, wie sehr sie sich fürchtete. „Bist du verrückt? Das ist Mord, dafür wanderst du lebenslänglich ins Gefängnis."

„Wenn du dich da nur nicht täuschst", sagte John

sanft. „Denk doch mal nach. Glaubst du wirklich, dass sie mich einsperren würden?“

Sie wusste sofort, was er meinte. Wenn man sie dort unten in der Grube finden würde, dann würden alle Fabian für den Schuldigen halten. Ayla würde der Polizei erzählen, was sie und Juliana herausgefunden hatten, danach gäbe es vermutlich keinen Zweifel daran, dass Fabian Juliana im Affekt in die Kiesgrube gestoßen hatte.

Aber lieber hätte sie sich die Zunge abgebissen, als dass sie das John gegenüber zugegeben hätte.

„Früher oder später kommen sie auf dich“, behauptete sie. Nicht nur ihre Stimme, auch ihre Knie zitterten auf einmal wie verrückt.

„So ein Quatsch. Ich habe Beweise, dass es Fabian war.“

„Was für Beweise?“

„Zum einen ist da ein super Video. Darauf sieht man, wie der besorgte Dr. Knopfler – der Vater unseres Hauptverdächtigen – die Haflingerstute Nike aus einem Stall befreit und bei Nacht und Nebel zurück auf die Sunshine Ranch bringt.“

„Hä? Ich verstehe kein Wort. Soll das heißen, dass Knopfler Nike entführt hat?“

„Quatsch. Das war ich. Dass ich dich dabei k.o. schlagen musste, war bedauerlich, aber unvermeidlich. Ich habe Nike in Baccaras altem Stall untergebracht …“

„Wer ist denn Baccara?“

„Mein Pferd. Das wir wegen deinem Vater verkaufen mussten. Nach der Entführung hab ich Knopfler angerufen. Ich musste ihm nur mitteilen, dass sein Sohn wieder mal Blödsinn angestellt hat, da geriet er schon so in Panik, dass er nicht mehr klar denken konnte. Um Fabian zu entlasten, ist er nachts zu dem Stall und hat Nike zurückgebracht. Und ich hab alles gefilmt.“

„Du widerliches …“

„Sei vorsichtig“, unterbrach sie John in gefährlich leisem Ton. „Wenn du frech wirst, stirbst du noch schneller.“

Juliana nickte hastig. Sie durfte John nicht weiter reizen, sie musste ihn zur Vernunft bringen. Aber ihr Herz hämmerte vor Angst wie verrückt, sie konnte nicht klar denken.

„Wenn die Bullen immer noch Zweifel an Fabians Schuld haben, dann werden sie die Bilder überzeugen, die ich gerade eben von euch beiden gemacht habe.“ John holte seine Digitalkamera aus der Tasche und hielt sie Juliana hin. Er hatte sie dabei fotografiert, wie sie Fabian geschlagen und getreten hatte. „Und zum guten Schluss finden sie auch noch dein Portmonee und dein Handy in seinem Zimmer. Das sollte genügen, meinst du nicht auch?“

„Warum ausgerechnet Fabian?“, fragte Juliana. „Was hast du gegen ihn?“

„Och, nichts Persönliches. Er bot sich eben an. Am Anfang wusste ich nur, dass er neu auf der Ranch ist und dass du ihn nicht leiden kannst, das hast du mir ja selbst im Chat verraten. Daraufhin hab ich ein bisschen recherchiert und rausgefunden, dass Fabians Mutter in Kanada lebt. Und als ich da angerufen hab, hat mir ihr Neuer eine Menge interessanter Dinge verraten. Der Rest war ein Kinderspiel. Ich hab mir ein Bild von seinem ehemaligen Schulfreund besorgt, die Fabrik ausgekundschaftet, die Tür aufgebrochen und so weiter. War 'ne Menge Arbeit, aber es hat sich gelohnt, das musst du zugeben."

Juliana wurde schwindlig. John war verrückt, total durchgedreht. Und gerade das machte ihn so gefährlich.

„Du siehst, ich habe an alles gedacht", sagte er stolz.

Dann griff er plötzlich nach ihr, wie ein Schraubstock umklammerten seine Finger ihre Oberarme. Juliana schrie erschrocken auf. Keine Panik, keine Panik, versuchte sie, sich zu beruhigen. Wir müssen weiterreden. So lange John redete, war sie sicher.

„Wie hast du rausgekriegt, dass ich Mitglied in der Pferdewelt bin?", fragte sie hastig.

„Ich mach doch eine Ausbildung zum Heizungstechniker", erklärte John. „Da hab ich einfach meinen Blaumann angezogen, bei euch geklingelt und deiner Mutter meinen Firmenausweis gezeigt. Hab behauptet, dass es Probleme mit der Gasversorgung gibt und dass ich mal die Leitung überprüfen müsste. Sie hat mich ohne Bedenken reingelassen und mir jede einzelne Heizung im Haus gezeigt. Und als ich in deinem Zimmer war, hab ich die Gelegenheit genutzt und einen Blick in deinen Computer geworfen. Von Passwörtern hältst du scheinbar nicht viel. Als ich mich ins Internet eingeloggt habe, habe ich sofort gesehen, dass du ständig in diesem Forum rumhängst. Und das hat mich auf die Idee gebracht."

„Aber du konntest doch nicht wissen, dass Sue Nike weggeben will."

„Nein", gab John zu. „Das war purer Zufall. Glück muss der Mensch haben. Aber jetzt ist Schluss mit dem Gelaber." Er zerrte sie zur Kiesgrube. Juliana versuchte, sich aus seinem Griff zu winden, und merkte, dass sie keine Chance hatte. Weiterreden, ich muss weiterreden, dachte sie.

Aber es ging nicht. In ihrem Kopf war ein schwarzes Loch, das alle Gedanken anzog und aufsaugte und nichts als Leere hinterließ.

John zog sie zum Abgrund. Wie stark er war, so viel Kraft hätte sie ihm überhaupt nicht zugetraut. Sie stemmte ihre Füße in den Boden, sie lehnte sich nach hinten, sie versuchte, sich zu Boden fallen zu lassen, es nützte alles nichts. Schritt für Schritt näherten sie sich der Grube.

Sie hatte keine Chance. Nur ein Blick in die Tiefe und von einer Sekunde auf die andere fühlten sich ihre Beine an, als wären sie aus Gelee. Wie damals, als sie aufs Zehnmeterbrett im Freibad gestiegen war. Mit dem kleinen Unterschied, dass da unten in der Grube kein Wasser war, sondern harter Steinboden. Und dass es kein Zurück gab.

„Guten Flug, meine Süße“, flüsterte John. Sein Mund war so dicht an ihrem Ohr, sie spürte die Worte mehr, als dass sie sie hörte.

„Lass sie los!“

Einen Moment hatte Juliana das absurde Gefühl, dass sie selbst es war, die diese Worte geschrien hatte. Aber dann sah sie, wie Johns Kopf herumflog.

Doch es war zu spät. Wer immer hinter ihr aufgetaucht war, konnte ihr nicht mehr helfen. Sie konnte sich nur noch selbst retten. Jetzt oder nie.

Mit dem Absatz ihres Reitstiefels trat sie John auf den Fuß. Er schrie laut auf und lockerte für einen Augenblick den Griff. Das genügte. Juliana riss sich los und floh.

John schrie wieder, aber diesmal nicht vor Schmerz, sondern weil er durch ihre schnelle Bewegung das Gleichgewicht verloren hatte. Er ruderte mit den Armen, riss die Augen auf, suchte mit beiden Armen nach Halt. Und bevor Juliana reagieren konnte, fiel er.

„John!“

Juliana warf einen entsetzten Blick in die Tiefe.

John war nicht aufgeschlagen, im Fallen hatte er einen Ast zu fassen bekommen, der vom Rand des Steinbruchs über dem Abgrund ragte. Dort hing er und zappelte verzweifelt, aber aus eigener Kraft konnte er sich nicht nach oben ziehen.

„Hilf mir, verdammt noch mal!“, schrie er Juliana an.

Gerade eben noch hatte er versucht, sie umzubringen, dennoch jagte ihr die Vorstellung, er könne nun vor ihren Augen in die Tiefe stürzen, schreckliche Angst ein.

„Hier!“ Sie beugte sich über den Rand der Grube und streckte ihm eine Hand entgegen. „Kannst du meine Hand erreichen?“

„Was machst du da, bist du verrückt?“ Jetzt war Fabian neben ihr. Er riss sie an den Schultern zurück. „Er ist viel zu schwer für dich. Er reißt dich nur mit.“

„Ich kann mich nicht mehr lange halten!“, schrie John.

Fabian hatte sein Handy aus der Tasche gezogen. „Ich hab sie gefunden!“, rief er aufgeregt. „Wir sind an der alten Kiesgrube und brauchen sofort Hilfe.“

Einen Moment lang lauschte er in den Hörer.

„Wie schnell könnt ihr da sein?“ Er nickte. „Beeilt euch!“ Dann legte er auf.

„Hilfe naht!“, rief er dem wimmernden John zu.

„Mit wem hast du gesprochen?“, fragte Juliana.

„Sina und Viktor. Sie müssten gleich hier sein.“

Juliana zitterte am ganzen Leib, es war, als hielte sie jemand an den Schultern fest und schüttelte sie durch.

In der Grube jammerte John.

„Stell dich nicht so an!“, rief Fabian zu ihm hinunter. „Das hast du dir schließlich selbst zu verdanken.“ Dann legte er den Arm um Juliana und zog sie an sich.

Es dauerte wirklich nur ein paar Minuten, bis Sina und Viktor auf den Platz galoppierten, doch Juliana kam es vor wie Stunden.

„Da bist du ja, Juliana!“ Sina sprang hastig aus dem Sattel. Sie hatte Heinrich dabei, der jetzt schwanzwedelnd an Juliana hochsprang, als ob das Ganze ein großes Vergnügen wäre. „Gott sei Dank, ich dachte schon, dir wäre was passiert!“

„Juliana ist okay. Ganz im Gegensatz zu dem da.“ Fabian wies mit dem Daumen in die Grube.

„Da hängt ja einer“, stellte Viktor entsetzt fest. „Wie ist das denn passiert?“

„Ist doch egal. Habt ihr ein Seil dabei?“

„Nee. Aber so was Ähnliches.“ Hastig klinkte Sina die Zügel von Jankos und Maxims Zaumzeug aus und machte sie aneinander fest. „Festhalten!“ Sie warf das eine Ende Viktor und Fabian zu. Mit dem anderen Ende näherte sie sich dem Abgrund. „Ich werf die Zügel jetzt zu dir runter. Du hältst dich daran fest und dann ziehen wir dich hoch, okay?"

„Ich kann nicht mehr", wimmerte John.

„Dann lass einfach los", sagte Fabian kalt.

John zog es vor, ihn zu ignorieren. Stattdessen griff er mit einer zitternden Hand nach den Zügeln, umklammerte sie dann mit beiden Händen und ließ sich wie ein Sack nach oben hieven.

Als er die sichere Ebene erreicht hatte, blieb er reglos auf dem Boden liegen. Heinrich eilte sofort schwanzwedelnd auf ihn zu und reagierte verständnislos, als Sina ihn am Halsband zurückzog.

„Kann uns jetzt mal einer von euch erklären, was eigentlich passiert ist?", fragte Viktor.

„Ist alles in Ordnung mit dir, Juliana?", fragte Sina im gleichen Moment.

Alles okay, wollte Juliana antworten. Aber sie brachte nur ein seltsames Krächzen heraus. Alle Kraft schien plötzlich aus ihrem Körper zu weichen. Ihre Knie wurden weich.

Sie sah Sinas besorgtes Gesicht und wie sich ihr Mund öffnete, aber was sie sagte, hörte sie nicht mehr. Um sie herum wurde alles schwarz.

Die zweite Chance

„Ist ja alles noch mal gut gegangen," sagte Oberarzt Dr. Roschlau und nickte Juliana aufmunternd zu. „Wenn du mir versprichst, dass du dich nicht sofort in das nächste Abenteuer stürzt, kannst du morgen Früh wieder nach Hause."

„Das verspreche ich", versicherte Juliana sofort. Schlafen, essen, schlafen, mehr würde sie in der nächsten Woche auf keinen Fall machen. Na ja, vielleicht würde sie das ein oder andere Mal auf der Ranch vorbeischauen und Nike besuchen. Und Fabian …

„Darauf können Sie sich verlassen", sagte ihre Mutter. „Juliana hat, glaub ich, fürs Erste genug erlebt."

„Und wir auch", fügte ihr Vater hinzu.

Dr. Roschlau nickte zufrieden, dann ließ er sie allein.

„Was wird denn aus John?", fragte Juliana, nachdem sich die Tür hinter ihm geschlossen hatte.

„Im Moment sitzt er in Untersuchungshaft. Wann sein Verfahren stattfindet, ist noch unklar. Die Sache sieht allerdings alles andere als gut für ihn aus, immerhin hat man ihn auf frischer Tat bei einem Mordversuch ertappt. Zum Glück ist er noch nicht volljährig …"

„Zum Glück? Ich hoffe doch, dass sie ihn für viele Jahre hinter Gitter stecken", sagte Frau Melzer. „Er hätte Juliana umgebracht, wenn Fabian nicht im letzten Moment aufgetaucht wäre."

Herr Melzer runzelte die Stirn und schwieg.

„Bist du etwa anderer Meinung?", fragte seine Frau angriffslustig.

Er seufzte. „Mit der Schuld ist das immer so eine Sache. John ist doch nur so geworden, weil sein Vater ein gewissenloser Mistkerl ist. Und ich selbst trage auch einen Teil der Verantwortung."

„Du?", fragte Juliana entgeistert. „Also stimmt es, was John behauptet hat? Hast du seinen Vater aus purem Egoismus im Stich gelassen?"

„Quatsch. Ich habe das Mandat damals niedergelegt, weil Schildock mich nach Strich und Faden belogen hat. Ich kann niemanden vertreten, der mir nicht vertraut."

„Warum glaubst du dann, dass du mitverantwortlich bist?"

„Weil ich mich nie mehr um die Familie gekümmert habe. Nachdem Schildock im Gefängnis saß, hätte ich sie mal besuchen sollen. Wenn ich mit John gesprochen hätte, wenn ich ihm alles erklärt hätte, wäre es vielleicht nicht so weit gekommen."

„Ach, Blödsinn. Davon hätte sich John nie und nimmer beeindrucken lassen", meinte Juliana. „Im Gegenteil. Wenn du bei ihnen aufgekreuzt wärst, wäre er nur noch mehr von deiner Schuld überzeugt gewesen."

„Vielleicht. Vielleicht aber auch nicht. Wer kann das wissen? Ich hätte es versuchen sollen."

„Hinterher ist man immer klüger", sagte seine Frau.

„Eben. Deshalb ziehe ich jetzt die Konsequenzen aus der Sache", erklärte Herr Melzer.

„Was soll das denn heißen?", fragte Juliana.

„Ich hab mich entschlossen, eine Auszeit zu nehmen."

„Eine Auszeit?", rief seine Frau. „Aber doch nicht wegen diesem Idioten!"

„Nicht wegen John Schildock. Ihr habt doch in den letzten Monaten alle gemerkt, was die Kanzlei aus mir macht. Der Stress, die Prozesse, das alles ist mir vollkommen über den Kopf gewachsen. Ich war ständig am Anschlag. Ihr habt es ja kaum noch mit mir ausgehalten."

„Stimmt", sagten Juliana und ihre Mutter wie aus einem Mund.

„Eigentlich hatte ich geplant, am Wochenende auf diesen Kongress nach Hamburg zu fahren. Ein wichtiger Termin für die Kanzlei. Aber ich hab ihn abgesagt, weil ich nachdenken wollte. Ich muss einfach mal zur Ruhe kommen. Die Kanzlei geht ohne mich nicht unter und meine Mandanten werden es auch überleben …“ Er suchte nach Worten.

„Du brauchst gar nicht weiterzureden“, sagte Juliana. „Ich glaube, das ist eine super Idee.“

„Das denke ich auch“, sagte Julianas Mutter.

Da lächelte Herr Melzer.

Und Juliana und ihre Mutter lächelten auch.

Ihre Eltern hatten das Krankenzimmer gerade verlassen, als es wieder an der Tür klopfte.

„Herein!“, rief Juliana und hoffte, dass es Fabian war. Doch es war Sue.

„Was machst du denn für Sachen?“, fragte sie und umarmte Juliana. Als sie sich wieder aufrichtete, sah Juliana, dass sie Tränen in den Augen hatte.

„I'm sorry“, sagte Sue, während sie auf dem Stuhl Platz nahm, auf dem gerade noch Julianas Vater gesessen hatte. „Es war eine bescheuerte Idee, dir Nike wegzunehmen. Es tut mir leid. Ich habe heute Morgen mit Fritz Bankau vom Lindenhof gesprochen und unseren Deal wieder rückgängig gemacht.“

„Aber du brauchst doch die beiden anderen Pferde für die Ranch“, sagte Juliana. „Das Pony und den Pinto.“

„Ich brauche dich“, sagte Sue. „Alles andere ist total unwichtig.“ Sie zog einen Bilderrahmen aus der Tasche und stellte ihn auf Julianas Nachttisch. „Hier. Schöne Grüße von Nike.“

Das Foto zeigte Juliana, wie sie auf Nike über eine Blumenwiese galoppierte.

„Das ist aber schön. Vielen Dank."

Juliana betrachtete das Foto nachdenklich. Sue hatte es im letzten Sommer aufgenommen, als Juliana noch viel kleiner gewesen war. Dennoch sah man auf den ersten Blick, dass Nike zu zierlich für sie war.

„Ich werde sie nicht mehr lange reiten können", sagte sie leise.

„Das ist doch erst mal ganz egal."

Juliana schluckte. „Das war so dumm von mir, Sue. Ich hätte Nike niemals einfach so aus dem Stall holen dürfen. Wenn John ihr nun etwas angetan hätte ..."

Sie verstummte.

„Es ist ja alles noch mal gut gegangen", meinte Sue. „Mit Nike. Und mit dir auch. Und wenn du wieder fit bist, dann überlegen wir gemeinsam, wie wir nun weitermachen. *Is that okay?*"

„*Yes*", sagte Juliana. Dann begann sie zu weinen. Obwohl es gar keinen Grund dafür gab. Sue umarmte sie noch einmal.

Es klopfte wieder und dieses Mal war es wirklich Fabian. Als er ihr verheultes Gesicht sah, wollte er sich gleich wieder zurückziehen.

„*Come in.*" Sue erhob sich. „Ich muss wieder los. Stefan wartet draußen auf mich, wir müssen zurück zur Ranch."

„Endlich bist du da“, sagte Juliana zu Fabian, nachdem sich Sue verabschiedet hatte. „Ich dachte schon, du kommst nie.“

„Na hör mal. Ich war gestern schon hier, aber da haben sie mich nicht zu dir gelassen. Kein Besuch, hat die Schwester gesagt.“ Er zog seinen Rucksack von den Schultern und reichte ihr eine immense Pralinenschachtel. „Für dich. Ist aber nicht nur von mir. Wir haben alle zusammengelegt.“

„Wow! Ihr wollt mich wohl mästen.“

Fabian lachte. Dann wurde er wieder ernst. „Du hast uns allen einen riesigen Schrecken eingejagt, weißt du das?“

„Sorry“, sagte Juliana. „Aber für mich war das Ganze auch nicht gerade ein Spaziergang. Wenn ich an diese Grube denke ...“ Sie schauderte.

„Ich weiß.“ Fabian legte seine Hand auf ihre.

„Wie hast du mich denn so schnell gefunden?“

„Ich bin euch nachgefahren. Mir war dieser Typ mit seinem Motorrad einfach nicht geheuer. Wie der plötzlich aufgetaucht ist, nachdem du mich fertiggemacht hast ... Ich hatte den Eindruck, dass er dir die ganze Zeit gefolgt ist. Ich bin hinter euch her, bis ich gemerkt habe, dass er zur Kiesgrube will. Dann hab ich Tori angerufen und ihr alles erzählt.“

Tori. Auch jetzt, nach allem, was geschehen war, spürte Juliana wieder einen nadelspitzen Eifersuchtsstich.

„Und Tori hat die anderen alarmiert. Sina und Viktor waren zum Glück schon in der Nähe, sonst hätten sie es niemals rechtzeitig zur alten Kiesgrube geschafft. Aber so konnten sie diesen Blödmann gerade noch retten."

Juliana nickte. Dann holte sie tief Luft und nahm all ihren Mut zusammen. „Was ist zwischen dir und Tori?", fragte sie.

Fabian lachte. „Nichts", sagte er. „Sie hat eben mitbekommen, wie gut ich dich von Anfang an fand. Und wie du mich hast abblitzen lassen. Da hat sie mir einen Tipp gegeben."

„Einen Tipp? Und wie lautete der?"

„Dass ich dich links liegen lassen soll. Einfach nicht beachten. Stattdessen sollte ich so tun, als ob ich mich für sie interessiere." Er grinste. „Scheinbar hat es funktioniert. Nachdem du mich mit Tori auf dem Friedhof gesehen hast, warst du viel netter zu mir."

„Wenn du unter Nettsein verstehst, dass ich dich zusammenschlage, dann ja", meinte Juliana trocken.

Fabian verzog das Gesicht. „Oh Mann, stimmt. Du bist ja gemeingefährlich. Mir tut jetzt noch alles weh."

„Geschieht dir recht. Warum musstest du mich auch anlügen? Die Geschichte mit Kanada und der einsamen Ranch. Hundert Kilometer bis zur nächsten Stadt und so. Das war doch total unnötig."

Fabian wurde rot. „Ich hatte solche Angst, dass ihr

nichts mehr mit mir zu tun haben wollt, wenn ihr meine Vergangenheit kennt. Wenn ihr rauskriegt, dass sie mich von der Schule geschmissen haben und den ganzen Rest. Ich hab so viel Mist angestellt, das glaubst du gar nicht. Seit ich auf der Sunshine Ranch bin, weiß ich, dass es auch anders geht. Und das wollte ich nicht aufs Spiel setzen."

„Genau das hast du durch deine Lügen aber getan."

„Das ist mir jetzt auch klar."

„Du hast alles in allem ganz schön Glück gehabt", meinte Juliana nachdenklich.

„Ich weiß. Ohne meinen Vater hätte ich das nie geschafft. Wenn er nicht gewesen wäre, wäre ich total abgestürzt, nachdem meine Mutter diesen Idioten Ted geheiratet hat."

„Ted", sagte Juliana. „Zumindest den Namen hast du nicht erfunden. Und Kanadier ist dein Stiefvater auch."

„Allerdings hab ich noch nie einen Fuß in dieses Land gesetzt. Dass dieser Typ Pferde schlägt, das stimmt trotzdem. Das hab ich gesehen, als er in Deutschland war. Danach hab ich ihn richtig gehasst."

„Gut, dass du jetzt bei deinem Vater wohnen kannst. Von einem Vater wie deinem kann John nur träumen." Juliana seufzte. „Irgendwie tut er mir leid. Ziemlich verdreht, oder?"

„Kann man wohl sagen. Ich meine, er wollte dich umbringen. Und mir den Mord in die Schuhe schieben."

„Der Typ ist total verkorkst. Aber er hat seine Baccara genauso geliebt wie ich Nike. Dann haben sie sie ihm weggenommen … Kein Wunder, dass er so einen Hass auf meinen Vater entwickelt hat …"

„Baccara hieß sein Pferd? Wie die Rose?"

„Wirklich? Baccara ist der Name einer Rose? Deshalb hatte John die Rose als Avatar."

Fabian nickte. „Ja, Baccara ist eine Rosensorte, aber was hat das mit einem Avatar zu tun?

„Vergiss es", sagte Juliana. „Das ist nicht mehr wichtig. Weißt du was? Der Arzt hat gesagt, dass ich morgen wieder nach Hause darf."

„Echt? Das ist super. Ich freu mich schon darauf, wieder mit dir auszureiten."

Juliana nickte. „Ich würd auch gern Reitstunden nehmen. Was hältst du davon?"

„An welchen Trainer hast du denn gedacht?"

„An dich natürlich, du Blödmann. Wenn du überhaupt noch Schüler nimmst."

„Das muss ich mir gründlich überlegen", sagte Fabian und dann küsste er sie.

LESEPROBE

„Myriams letzte Chance“
Band 4 der „Sunshine Ranch“
von Luzie Bosch
ISBN 978-3-473-40404-9

Als Myriam ihr das Zaumzeug über die Ohren schieben wollte, warf Camilla unwillig den Kopf zurück. Sie schnaubte und versuchte sich in der engen Box abzuwenden.

„Ruhig, schschsch!“ Myriam kraulte die Freibergerstute zwischen den Ohren, bis sich das Pferd ein wenig entspannte.

„Bist du so weit?“, fragte Hannah über die Abtrennung der Boxen hinweg. Myriams beste Freundin hatte ihren Wallach Acapulco schon vor fünf Minuten gesattelt, während Camilla noch nicht einmal aufgezäumt war.

„Ich komm gleich. Nur noch einen Moment“, gab Myriam zurück, ohne sich umzuwenden.

„Ich warte draußen auf dich“, sagte Hannah.

Myriam hörte, wie Acapulcos Hufe über die Stallgasse klapperten. Dann schlug die Tür zu. Sie war allein.

Allein mit Camilla, die sich eng an die Abtrennung ihres Verschlags drängte.

„Was ist los, Camilla?“, fragte Myriam. „Wir kennen uns doch schon so lange. Du weißt, dass du keine Angst vor mir haben musst.“ Ihre Stimme klang weinerlich, unsicher. Das war ganz schlecht. Wenn man ein Pferd beruhigen wollte, musste man Selbstsicherheit und Stärke vermitteln, auch wenn man sich gerade nicht danach fühlte.

Das hatte Myriam in den letzten Monaten doch gelernt. Neben einigen anderen Dingen.

Energisch schob sie die Erinnerungen weg und zog das Zaumzeug mit Nachdruck über Camillas Kopf. Die Fuchsstute bleckte die Zähne.

„Ruhig, Camilla“, sagte Myriam noch einmal. Diesmal klang ihre Stimme fester.

Camilla zögerte einen Moment. Dann senkte sie den Kopf.

Die anderen Pferdemädchen saßen bereits im Sattel, als Myriam die Stute endlich aus dem Stall führte. Die anderen – das waren Hannah und ihre Klassenkameradinnen Tori, Sina, Ayla und Juliana. Sie gingen alle aufs Friederike-Fliedner-Gymnasium. Bisher waren sie in der 7a gewesen, aber nach den Ferien würden sie in die achte Klasse wechseln.

Bis es so weit war, war es glücklicherweise noch lange hin. Vor ihnen lagen sechseinhalb herrliche Wochen ohne Hausaufgaben, Arbeiten und Tests. Sechseinhalb

Wochen, in denen sich die Freundinnen voll und ganz auf das konzentrieren konnten, was wirklich wichtig war: die Sunshine Ranch. Vor fünf Jahren hatte die Amerikanerin Sue den verfallenen Pferdehof gekauft und zu einem Tierparadies umgebaut. Inzwischen gab es nicht nur zehn Pferde und ein Fohlen auf der Ranch, sondern auch den Esel Fritz, die Hängebauchschweine Horst und Klothilde, die Ziege Ilka und zahllose Gänse, Enten und Hühner. Nicht zu vergessen Washington und Heinrich. Die beiden Hunde der Ranch trotteten gerade aus der Scheune.

„Wie wär's mit einem kleinen Ausritt, ihr beiden?", rief Juliana ihnen zu.

Washington würdigte die Mädchen keines Blickes. Stattdessen schleppte sich der riesige Neufundländer in den Schatten vor der Scheune, ließ sich zu Boden plumpsen und schloss die Augen. Er hasste Ausritte. Manchmal zwang ihn Sue, sie zu begleiten, dann trabte er widerwillig neben ihr und dem Pferd her. Aber freiwillig? Niemals!

Der zottelige Heinrich, der dem Verwalter der Ranch gehörte, trippelte dagegen aufgeregt hin und her. Er warf den Mädchen auf den Pferden sehnsüchtige Blicke zu. Aber seinen Freund Washington verlassen? Das ging auch nicht …

„Können wir?", fragte Tori und schob ungeduldig eine weißblonde Haarsträhne unter ihren Helm.

Myriam schwang sich in den Sattel und nickte. „Klar."

Hintereinander trabten die sechs vom Hof, Tori an der Spitze, Myriam als Letzte.

Als sie die Wiese vor dem Wald erreicht hatten, ließ Hannah sich zurückfallen und lenkte Acapulco neben Camilla. „Schön hier, was?"

Myriam lächelte.

Es war nicht nur schön, es war geradezu traumhaft. Die Sonne fiel durch die Blätter der Buchen am Waldrand und malte ein flirrendes Muster auf das Gras.

Myriam lehnte sich nach vorn und atmete Camillas vertrauten warmen Geruch ein. Sie schloss die Augen und lauschte dem gleichmäßigen Schnauben der Stute, dem dumpfen Geräusch der Hufe auf dem Trampelpfad, dem Vogelgezwitscher im Wald. Auf der Wiese summten Bienen und Hummeln. Es war wie Musik.

„Schade, dass Hannes nicht mitkommen konnte!", rief Tori über die Schulter zurück. „Hast du schon was von ihm gehört, Hannah?"

„Noch nicht", gab Hannah zurück. „Und du? Hat Jonas sich bei dir gemeldet?"

„Nee. Aber sie sind ja erst heute Morgen aufgebrochen."

Jonas war Toris Freund und seit Kurzem waren auch Hannes und Hannah ein Paar. Die Jungen waren in den ersten Ferienwochen auf einer Freizeit mit ihrem Fußballverein.

„Und? Blutet euch das Herz?“, fragte Ayla spöttisch. „Zwei Wochen ohne eure Liebsten, wie sollt ihr das bloß aushalten!“

„Ach Quatsch.“ Hannah lachte. „Meine Allerliebsten sind doch hier.“

„Genau. Solange wir fünf zusammen sind, ist alles perfekt“, stimmte ihr Tori zu.

„Sechs“, korrigierte Hannah sie sofort und wurde rot. Myriam fragte sich, ob es Ärger oder Verlegenheit war.

„Äh, natürlich.“

Weil Tori vorne ritt, konnte Miriam ihren Gesichtsausdruck nicht sehen, aber sie war überzeugt davon, dass sie eine Grimasse zog.

Tori hatte sich nicht versprochen, da war sich Myriam sicher. Tori hatte genau das gemeint, was sie gesagt hatte. Myriam zählte nicht mehr. Sosehr Myriam sich auch bemühte, sie gehörte nicht mehr richtig dazu.

Myriam zog die Schultern zusammen und machte sich ganz steif. Wenn Tori dabei war, war es immer am schlimmsten. Die anderen Pferdemädchen ignorierten Myriam manchmal, aber zumindest ließen sie sie in Ruhe. Tori jedoch konnte es einfach nicht lassen, ihre Giftpfeile auf Myriam abzufeuern.

Fräulein Wunderbar nannte sie Myriam hinter ihrem

Rücken, weil Myriam in der Schule die Klassenbeste war. Na und? Ihr letztes Zeugnis hätte eben einen Schnitt von 1,0 gehabt, wenn sie die beiden Arbeiten zum Schluss nicht völlig verhauen hätte. Na ja, verhauen war vielleicht der falsche Ausdruck. Aber eine Zwei minus in Mathe und eine Drei plus in Latein waren für Myriams Verhältnisse katastrophale Noten. Schuld an den schlechten Noten war natürlich nur das blöde Turnier gewesen. Das Turnier, wegen dem Myriam es sich mit allen verscherzt hatte …

Myriam schüttelte den Kopf und verdrängte die unschönen Gedanken. Wenigstens Hannah hielt nach wie vor treu zu ihr. Die Freundin schaute sie von der Seite an und lächelte ihr zu. Myriam lächelte zurück und beschloss nicht zum ersten Mal, Toris Sticheleien keine Aufmerksamkeit zu schenken.

Auf einer Lichtung im Wald machten sie Rast. Tori hatte einen Kuchen mitgebracht. Ayla holte Saftpäckchen aus der Tasche und verteilte sie. Sina zauberte vier kleine Geburtstagskerzen hervor und steckte sie in den Schokoladenkuchen.

„Ich weiß, es müssten eigentlich dreizehn sein“, entschuldigte sie sich, während Tori die Kerzen anzündete. „Aber mehr hab ich nicht gefunden. Immerhin ist es eine Kerze für jedes Jahr der Sunshine Ranch. *Happy birthday*, Ayla!“

„Herzlichen Glückwunsch!", „Alles Gute!", riefen die anderen durcheinander.

Aylas Geburtstag war gestern gewesen, aber da hatte sie nur mit ihrer Familie gefeiert. Heute waren endlich die Pferdemädchen an der Reihe.

„Du musst die Kerzen auspusten", sagte Tori, nachdem sie Ayla gratuliert hatten. „Und dir dabei etwas wünschen."

Ayla fixierte die Kerzen aus schmalen Augen. „Also gut."

Dann blies sie die Backen auf und pustete wie ein Weltmeister. Drei Kerzen gaben sofort den Geist auf, die vierte flackerte noch einmal auf, bevor sie ebenfalls erlosch.

„Super!", meinte Tori. „Hoffentlich hast du dir keinen Blödsinn gewünscht."

„Nö!" Ayla strahlte.

„Und?", fragte Tori neugierig.

„Verrat ich doch nicht", sagte Ayla. „Sonst geht es nicht in Erfüllung."

„Wir haben natürlich auch ein Geschenk für dich", warf Juliana ein. „Hoffentlich gefällt es dir, wir haben alle zusammengelegt." Sie zerrte ein großes rundes Paket aus ihrem Rucksack.

„Ein Fußball", sagte Ayla sofort. „Ein zarter Wink mit dem Zaunpfahl, dass ich mit dem Reiten aufhören soll."

Die anderen lachten. „Nun pack doch mal aus!“, rief Sina.

Es war ein schwarzer Military-Reithelm, wie ihn auch Sina, Tori und Juliana trugen. Hannah und Myriam hatten das Modell in Grau. Nur Ayla war bisher mit einem ziemlich abgeschabten englischen Samthelm geritten. Spießerhut, nannte sie ihn spöttisch.

Ihrer türkischen Familie war Aylas Reitbegeisterung ein Dorn im Auge. Aylas Eltern akzeptierten zwar inzwischen, dass Ayla jede freie Minute auf der Sunshine Ranch verbrachte, aber sie waren nicht bereit, auch nur einen Cent in ein schickes Reiteroutfit zu investieren.

„Hurra!“, jubelte Ayla. „Endlich bin ich keine hässliche Außenseiterin mehr, sondern eine von euch.“

„Das warst du doch schon immer“, sagte Juliana. „Auch wenn dein Reithelm eine Zumutung war, das muss ich zugeben.“

Myriam hatte das Gefühl, dass sie sie dabei spöttisch ansah. Und dass auch Tori und Sina ihr einen hämischen Seitenblick zuwarfen. Dabei hatte sie ohnehin schon lange begriffen.

Die Außenseiterin in der Gruppe – das war sie selbst.

April

Der Schokoladenkuchen duftete verlockend, doch nach zwei Bissen hatte Myriam genug. Ihr war plötzlich schlecht.

„Ich kann nicht mehr“, sagte sie leise zu Hannah. „Möchtest du den Rest?“ Aber Hannah unterhielt sich gerade mit Sina und hörte ihre Frage nicht.

Myriam zerkrümelte den Kuchen in kleine Stücke und verteilte ihn so unauffällig wie möglich hinter ihrem Rücken auf der Wiese. Wenn Tori, die den Kuchen gebacken hatte, das sah, wäre der Teufel los. Trotzdem hätte Myriam beim besten Willen keinen Bissen mehr runtergebracht.

Das war oft so in letzter Zeit. Ob sie nach dem Stalldienst zusammen Eis essen gingen oder am Wochenende auf der Ranch gegrillt wurde, sobald sie mit den anderen zusammensaß, verlor Myriam schlagartig den Appetit.

Noch vor einem halben Jahr hatte Myriam richtig dazugehört. Aber dann hatte sie alles aufs Spiel gesetzt – und verloren. Hannah hatte ihr verziehen, das wusste Myriam. Aber die anderen, allen voran Tori und Sina, konnten einfach nicht vergessen, wie Myriam sich verhalten hatte.

Und daran wird sich nie etwas ändern, dachte sie düster.

Seit mehr als vier Jahren war Myriam schon Pferdemädchen auf der Sunshine Ranch. In der dritten Klasse hatten sie und Hannah mit dem Reitunterricht bei Sue begonnen. Kurz danach hatte Sue Camilla gekauft und Myriam hatte die Verantwortung für die Stute übernommen. Seitdem fütterte, pflegte und ritt sie die Freibergerstute, mistete ihre Box aus und kraulte ihre Mähne. In den Ferien brachte sie die Stute morgens auf die Weide und führte sie abends wieder zurück in den Stall.

Offiziell gehörte Camilla Sue, aber eigentlich war sie Myriams Pferd. Und dennoch hatte Myriam sie vor fünf Monaten im Stich gelassen. Genau genommen hatte sie die ganze Ranch im Stich gelassen.

Damals war Myriam auf die bescheuerte Idee gekommen, auf einer benachbarten Ranch zu trainieren. Sie hatte davon geträumt, als Turnierreiterin ganz groß rauszukommen. Dann waren ihre Träume in sich zusammengebrochen. Heute gab es die andere Ranch nicht mehr. Und Myriam war wieder zurück auf Sunshine.

„I'm so happy that you're back!", hatte Sue bei ihrer ersten Reitstunde gejubelt. „Ich freue mich so."

Aber die anderen Mädchen freuten sich nicht und sie konnten Myriam auch nicht so einfach verzeihen. Das Rad ließ sich nicht zurückdrehen. Was geschehen war, war geschehen.

„Hab ein bisschen Geduld", versuchte Hannah sie zu trösten, wenn sie mitbekam, dass Myriam traurig war. „Bald ist Gras über die ganze Sache gewachsen. In ein paar Wochen denkt keiner mehr daran." Das hatte sie allerdings schon vor zwei Monaten zu Myriam gesagt. Und Myriam hatte nicht den Eindruck, dass seitdem irgendetwas besser geworden war.

Vielleicht sollte ich das Reiten ganz aufgeben, dachte Myriam. Anfang des Jahres hatten ihre Eltern in Erwägung gezogen, für einige Zeit nach Tokio zu ziehen, weil Myriams Vater ein attraktives Jobangebot von einer japanischen Bank bekommen hatte.

„Ist mir egal, was ihr macht", hatte Myriam damals verkündet. „Aber ich komm auf keinen Fall mit."

Inzwischen war der Plan wieder vom Tisch. Nun tat es Myriam leid, dass sie das Ganze so vehement abgelehnt hatte. Vielleicht wäre das ja die Lösung ihres Problems gewesen. Am anderen Ende der Welt noch mal neu anzufangen.

„Ist das Leben nicht super?“, seufzte Sina glücklich. Sie verschränkte die Arme im Nacken und ließ sich nach hinten ins Gras fallen.

„Es wäre super“, stöhnte Tori. „Wenn ich nur nicht in diese blöde Ferienanlage müsste.“

Ihre Eltern hatten zwei Wochen Familienurlaub auf Mallorca gebucht und Tori musste wohl oder übel mit. „Was soll ich denn auf Malle, wenn ich hier alles habe, was das Herz begehrt?“, jammerte Tori zum x-ten Mal.

„Ist doch erst zum Ferienende“, tröstete Ayla sie. „Bis dahin hast du noch vier Wochen Spaß.“

Ayla selbst war hochzufrieden, dass ihre Familie in diesem Jahr zum ersten Mal nicht in die Türkei fuhr. Ihre ältere Schwester hatte gerade ihr erstes Kind bekommen, deshalb blieben ihre Eltern in Deutschland.

„Vielleicht bist du ja noch froh, wenn du abhauen kannst“, sagte Sina zu Tori. „Heute kommt diese amerikanische Tussi an. Und was Sue bisher über sie erzählt hat, klingt nicht unbedingt prickelnd.“

Sue war am Nachmittag zum Flughafen gefahren, um ihre vierzehnjährige Nichte abzuholen. April kam aus Sues Heimat Kalifornien und wollte die Sommerferien bei ihrer Tante verbringen. In den letzten Wochen hatten die Pferdemädchen Sue immer wieder über April ausgefragt. Und Sina hatte Recht: Was Sue über April berichtet hatte, war wenig vielversprechend.

„Das arme Mädchen hat es wirklich nicht leicht“,

hatte Sue gesagt. „Ihre Mutter, also meine Schwester, ist völlig überdreht. Ständig jettet sie in der Welt herum, statt sich um ihre Tochter zu kümmern. Und Larry, ihr Vater, verdient einen Haufen Kohle und versucht sich mit teuren Geschenken aus der Verantwortung zu stehlen. April ist manchmal ein bisschen unvernünftig und kindisch. Aber sie meint es nicht so."

„Wenn man es in Klartext übersetzt, heißt das doch: launisch, verwöhnt und arrogant", hatte Tori hinterher kommentiert. „Eine Zicke."

„Die Zicke ist ja zum Glück nicht unser Problem", sagte Ayla jetzt und nahm sich noch ein Stück Schokoladenkuchen.

„Ich befürchte doch", widersprach Juliana. „Sue erwartet schließlich, dass wir uns um April kümmern."

„Boah." Sina, die immer noch auf dem Rücken lag, schloss genervt die Augen. „Also, ich spiel bestimmt nicht das Kindermädchen für eine bescheuerte amerikanische Schnepfe."

„Das war's", jammerte Tori. „Erst kann ich mich wochenlang mit diesem verwöhnten Gör herumärgern und dann auf zum Familienurlaub nach Mallorca. Wo bleibt da die Erholung?"

„Jetzt wartet erst einmal ab", wandte Hannah ein. „Noch hat keine von uns diese April gesehen. Vielleicht ist sie total nett."

Ravensburger Bücher

Sunshine Ranch – spannende Pferdekrimis

Luzie Bosch

Sina auf heißer Spur

Sunshine Ranch, Band 1

Sina verbringt jede freie Minute auf der Sunshine Ranch. Pferde, Ausritte, Freunde, was will man mehr? Doch das Paradies ist in Gefahr. Irgendjemand treibt mit anonymen Anzeigen und vergiftetem Futter ein böses Spiel ...

ISBN 978-3-473-**40401**-8

Luzie Bosch

Tori und die verschwundene Stute

Sunshine Ranch, Band 2

Wer hat die trächtige Stute Becky gestohlen? Tori und die anderen Pferdemädchen sind verzweifelt. Haben die Fußballjungs etwas damit zu tun, der zwielichtige Reitlehrer von nebenan oder gar der Pharmakonzern, der Versuchstiere sucht?

ISBN 978-3-473-**40402**-5

Luzie Bosch

Falsches Spiel mit Hannah

Sunshine Ranch, Band 3

Schlimm genug, dass ein neuer Reiterhof der Sunshine Ranch Konkurrenz macht. Hannahs beste Freundin Myriam wechselt auch noch dorthin und ist nicht wiederzuerkennen! Bei einem Turnier spitzt sich die Lage zu ...

ISBN 978-3-473-**40403**-2

RTB_14_021

www.ravensburger.de

Ravensburger